動物們

方清純

目次。

雞婆要出嫁

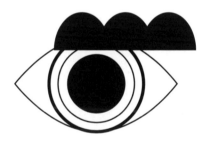

雞婆一輩子都想著嫁人。白紗不要，要鳳冠霞帔，最好還有八人大轎來扛，長鞭炮竹劈哩啪啦響，搞得風風光光。

雞婆不是雞，也不是婆，個性確實有點雞，模樣幾乎像個婆，拉開褲襠一看，不折不扣是帶把的。唉呦～～他尖叫著死不承認，把那玩意兒藏得緊緊的，想讓它就這麼不成一回事。

雞婆不想當雞，只想當個真正的婆，六十年老蓄著一頭長髮，蔓過腰際，不免招搖過市，他卻光明坦蕩，不怕礙了別人的眼，彷彿他天生就該是這個樣子。

「披頭散髮活像個女鬼！」人家罵他也不發怒，反倒喜孜孜，只因那個女字。

雞婆叫阿良，加上個女字，變成個阿娘，年歲日漸長，就成了老娘。老娘老想著嫁人，肖想了大半輩子，可惜這世注定無望，誰教他偏是該娶人的那個。

阿良一輩子沒想過娶人，除非登徒子開竅，除非豬八戒附身，除非他鑽回娘胎再輪迴一次。輪迴啊輪迴，誰知又會輪迴成啥樣？真輪迴成女人，只怕又想娶人！我說倒不如輪迴成一隻雞，總比當個半人樣的雞婆強。

阿良當不成女人也不當雞，做雞做鴨無了時，做人較快活自在；就算真要當雞，也要當李家雞窩裡的，喔不，他羞赧地擺擺手，細聲改口說，他只想當李家阿財被窩裡的，伴，同枕眠，共偕老，生相依，死相隨，說完呵呵笑，笑成一隻三八雞。

雞婆滿頭烏髮，像隻黑鳳雞，儘管已屆耳順，猶然墨黑得恍若少年。有人說鐵定是用墨水染的，另一人反駁說墨水再怎麼染，總不會連髮根剛冒生出來的也全是黑的吧，難不成用喝的嗎？

阿良才不喝墨哩，他只吃墨……魚，渾身濃濃墨味，不是墨魚的墨，而是墨硯的墨。他寫得一手好字，書法隨手便成一帖，拿過國內外不少獎項，在地方上頗富名聲，順勢就開起了書法班。

阿良的絕活是用他那頭長髮揮墨，將髮尾束成一支大筆，蘸墨水在六尺全開宣紙上寫大字。有人碎嘴說阿良根本不必蘸墨，那頭烏髮沾沾水便能在紙上塗出墨來，我說他的髮囊異於常人能源源不絕分泌墨液，那人驚訝地張大嘴問是真的?!我說難道你以為只有你會鬼扯嗎？那人白我一眼，跟白目一樣白，白不過阿良手上那張白紙。

每當阿良一握筆，便像換了個人，這時他不是雞婆，而是個真正的漢子，出筆如出拳，剛柔並濟，虎虎生風，在紙上打出一道又一道太極，見識過這紙上功夫的莫不讚歎折服。

阿良的書法是自學的，頭髮留了多長，學的日子就有多長，嗯不，比他那頭長髮還要長得多呢。阿良打出生沒剪過幾次髮，把頂上三千煩惱絲看得比命還重要，要剪他髮不如直接剪斷他喉嚨。「剪掉命根子好了，正合他意！」多嘴的來一句，我立馬頂回去：「你舌頭怎麼不剪一剪！」

阿良的脾氣不算壞，就壞在一個倔字，從小就這麼倔，多半是對自己，對旁人倒還不至於，畢竟生為雞婆，顧慮都來不及了，哪敢胡亂招惹別人呢？

阿良自幼就是一頭及肩長髮，加上那清秀標致的五官，模樣比他六個姊姊還漂亮，整村子的女孩包含我在內全都相形失色。阿良只跟女孩相好，男孩都把他當異類，玩他鬧他罵他查某體噁心死了，扯他褲襠說要幫他割掉雞巴讓他當個真正的雞掰，這一胡鬧起來沒人插得了手，除了家裡開養雞場的阿財以外。

阿財長得不像雞，比較像牛頭馬面，一臉凶惡相，不過稍長阿良兩三歲，塊頭卻超齡地又高又魁，活像個鍾馗，每次一顯靈，就把小鬼們嚇得鳥獸散，我猜多半是靠他那一身陳年雞屎味。

「阿財娶阿良，阿良嫁阿財，」一群男孩起鬨著亂湊合：「嫁給養雞的當老婆，變成個雞婆！」這下清楚了吧，雞婆就是這麼來的，既是他天生的本性，亦是旁人後起的名分。阿財根本沒當一回事，但阿良卻當真了，此後一輩子都惦掛著這個人。

雞婆啊雞婆，也不是真正的婆，帶把的終究賴不掉。阿良這頭髮留得再長，上中學也得理成顆平頭，但他寧死不屈，誰都拿他沒轍，不理也不上，後來還是買通人關說，才准了阿良帶髮就學。我說幸虧他生在富裕人家，否則哪容得下他這般執拗？

日子一天一天過，頭髮一寸一寸長，加上他身體病弱免役，躲過入伍那兩三年的斷髮劫，一路就這麼留到長得幾乎能用來上吊，呸呸，這話我收回，長得幾乎能曬衣被掛肉腸給孩子當跳繩玩才對。阿良的長髮漂亮得教人羨妒，每個女人都想剪一把來添在頭上，只是可惜啊，若不是好幾年前為他父親裁過那麼一次，他那頭長髮現在都不知道長到什麼地步了呢！

村派出所對面是小學，小學後門隔條路建了一排透天厝，透天厝最底有間新式紅瓦平房，阿良的書法班就在那裡。

屋子是他修建的，二十坪大小，湊合湊合；土地是向人租賃的，一個月三千塊，意思意思。一進門，便見兩張長方桌，每桌各配六張椅，角落有個木櫃，放置文房四寶，牆上則掛滿了阿良的字畫。這裡既是學堂，也是住家，再往裡走，就是他的臥房，房內雅潔有序，滿溢女人家生活氣息。

自阿良五十歲那年返鄉，便在這裡落戶成家至今。老家明明近在咫尺，他卻執意一人，怎麼也不肯回去。真是怪哉！阿良他家可是望族呢，光田產就有十幾甲，鎮上還有數爿店面出租，行庫裡的積蓄就不消多說了，全都歸在他這獨子的名下，但他卻一副毫不貪戀的模樣。

「有錢才能裝清高啊！」有人酸溜溜道。「反正富也富不過三代！」貧嘴總是酸溜溜。有時怕的倒非富不過，而是不過三代，傳宗接代的代。雞婆只想著嫁人，傳不了宗，也接不了代。

外人不明就裡，大概誤以為阿良與雙親因香火之事有了嫌隙，才使他返家不得。我得說他父母可從未嫌過他，雖說按照一般通俗劇裡的發展，他父親理當大發雷霆，將這雞婆兒子趕出家門就此斷絕關係才是，但人生的劇本哪可能真照你的意思走，他父母非但不嫌棄，還分外的疼惜他呢，只因四個字，心懷愧疚，愧於把他生成個雞婆，疚於讓他一輩子受委屈。

阿良一輩子都不委屈，倒是怕家人因他而委屈。「所以你才逃得那麼遠？」我說。他笑著答道：「也不是逃，只是不知不覺就走遠了。」「繞了一大圈，還不是又回到這裡。」「是呀，不然是要去哪？」「天涯，海角。」「好一個天涯海角，改日咱結伴作夥去。」「哼，和我去？你是想跟心上人逗陣去吧！」「哎呀，恁祖媽的心思都讓妳看了了啦！」阿良掩面裝害臊，只是不知那手心裡捧著的，是笑臉還是苦臉？儘管他滿心盼望，一輩子終究走不到這條路上去，畢竟，他跟阿財又不是同路人。

阿良的書法班多在周末授課，好配合學生們的時間。平日裡，除了晚上幾堂零散的長青班，白天幾乎無人光顧；其時若有人路經此處，常常只見屋內兩張大桌合併，上面鋪展一張兩人長的宣紙，屋裡的人倚牆或站或坐，凝神專注於潔白的紙面，彷彿那裡頭藏著什麼天大的玄機，往往看著看著，一天便這麼過去了。

十年如一日，一日卻始終未得一筆，紙上空白依舊。「你到底想寫什麼？」這話我問了上百次，大概在第幾百不知哪次的時候，他終於回答了：「寫……人生。」「那怎麼不下筆？」「不知道要寫什麼。」「拜託哩，琢磨十年了吶，還不知道！」「再過幾個十年都一樣，不知道就是不知道，就算過完一輩子也不見得知道。」

我不知道他在不知道什麼，他的不知道讓我更加不知道起來。「你是想寫個大字呢？還是想寫串句子？或者，造首詩詞？」「嗯……不知道。」「你再給我不知道試試看！」「我是真的不知道。」「你，你就一輩子這樣不知道下去吧！」我沒來由地怒火中燒，搞得他莫名其妙，我也摸不著頭腦，大概更年期作祟，二話不說，直接回小學上課去。

我任教的小學沒書法課，一堂也沒有，這年代的教育不時興這種老骨董，多數父母也不想讓孩子走回頭路。「都已經是原子筆的時代了，還拿什麼毛筆？連原子筆也快淘汰了，現在都用電腦打字哪，學什麼老掉牙書法！」因此，會到阿良那裡學書法的，真的是少數中的少數，少到連餬口飯都快餬不下去了。

「時代變了，變得愈來愈快，再也慢不下來了。」阿良悵惘地說，說得那樣慢，慢到彷彿整個世界都把他拋在後頭了。他慢悠悠地將紙攤開，慢騰騰地把墨磨好，再慢條斯理地下筆書寫，一筆一畫竟那麼艱難，那麼猶豫，愈寫，愈，慢，再慢下去，一輩子都要過完了。

「一輩子，用一張紙寫，算少還是算多？」阿良自言自語地說。他時常說些教人不知該如何應答的話。我叫他別一直鑽牛角尖，還是來學校幫忙指導學生吧，挑一、兩個書法寫得不差的，加強訓練一下，好參加全縣中小學書法比賽。

「比賽？沒有書法課，卻有書法比賽？」「別問我，上面的人搞的。」「搞？搞什麼?!」「大概書法課礙事，書法比賽不礙事吧？」「不教不學，是要比什麼賽？」「說是比賽，其實不過就是湊個數，好有個交代罷了。」「湊數？揀學生去湊數？」阿良輕撥臉上的髮絡，微慍地哼了一聲說：「真不像話！」他嗅聞髮上的墨味，似笑非笑，一副不以為然的樣子。

阿良的生活是黑白的，墨水的黑，宣紙的白，身上的服裝同樣黑白分明，像是要襯托身分似的，一身改良式的唐裝，素色內衫，緇色外衣，加上一條黑長褲，連鞋子也是一款的。

阿良的黑白人生只在晝日，一到夜晚便綴滿繽紛色彩。他的衣櫃裡掛滿各式女裝：紫色短熱褲，靛藍色旗袍，青綠色洋裝，橙黃色連身裙……還有，一件大紅色的嫁衣。每夜就寢前，他總要將嫁衣穿在身上，讓鏡子映照出一個待嫁紅娘，一個只活在他妄想裡的女人的形貌。

那女人面塗紅妝，一臉羞澀樣，恍若未經人事，嬌嫩如蓓蕾。他緊盯著女人的面容，看得心馳神往，真是難得啊，在外頭打滾了那麼多年，一路上也跟不少人廝混過一段，沒想到竟還能保有貞潔的一面，胸口不禁一陣沸騰，一半是感激，一半是感慨。她眼中漾起水光，他伸手揩去淚痕；他為她心疼，她為他心酸。

「藍色的街燈，明滅在街頭。獨自對窗，凝望月色，星星在閃耀，」阿良輕輕吟唱老歌，歌聲寂寥淒切，正如他此刻的心聲：「我在流淚，我在流淚，沒人知道我……」

阿良只在人後哭，人前總是笑吟吟，就連老父過世時，也沒讓外人窺見一滴淚。我說何必那麼倔？他說這是骨氣，不讓人看輕的骨氣。阿良外表娘聲娘氣，內底倒是男子氣概十足，跟他的書法風格一樣，遒勁不纖弱。

「沒人會看輕你的。」我真想這麼對他說，話卻鯁在喉頭，讓我一時啞口。雞婆怎可能不被看輕呢？一言一行都落人話柄。口氣太媚，步伐太騷，模樣太雞，怎樣都有話說，說得好似他是人頭雞身的怪物一樣，一旦他跟哪家男人走太近，便開始胡亂謠傳哪戶要得雞瘟啦！「講吧，隨他們去講吧。」阿良神情淡然，無畏人言。不管誰人笑話他，他都不嗔不怒，學聲母雞咯咯叫，自娛娛人也愚人。「要造口業隨他們造，下輩子換他們去當雞！」

阿財的養雞場就有一大群，恐怕全是上輩子造業作孽的下場。阿財養的是白肉雞，羽毛潔白如紙，彷彿隨時等著阿良來題字似的。養雞場藏在村落平房堆裡，外地人若欲尋門路，只消引耳探聽，雞啼最響亮處便是。阿良三天兩頭往養雞場跑，不是把自己當雞，而是為了那養雞的人。

阿良和阿財天差地別，個性一柔一剛，長相一白一黑，彷彿陰陽兩極。「天曉得這兩人怎會搭在一塊？」老有人這麼說，說了幾十年了，還是照說。兩人身家背景相殊，人生際遇各異，本該搭都搭不上，有緣搭上了，情誼便維繫數十年，從不為他人訛語所挑撥。阿財三十歲娶妻時，阿良幫忙備事迎親；阿良五十歲失怙時，阿財幫忙治喪送終，一路相挺互扶持，親愛得好比同血同脈的骨肉。

「換帖兄弟嘛，又不是當假的！」阿財總說得篤定，阿良卻悵然低語：「換帖，兄，弟……」說得聲聲慢，一聲慢過一生。在阿財眼中，阿良不過這般關係，但在阿良心裡，阿財可不只四字如此。

雞婆沒嫁也沒娶，一輩子注定沒兒沒女。無後亦無礙，反正此生無望，索性無牽無掛。

阿良到底心存想望，閒來沒事就佇在圍牆旁，觀看操場上學童玩耍嬉鬧，看得兩眼生羨，滿臉泛愛，心肝寶貝似的，彷彿其中一個是從他跨下爬出來的。

「生孩子是什麼感覺？」「很痛，」我說：「痛到不想再做人的痛。」「是嗎？嗯，真想痛一次看看。」「別說傻話了你。」「一輩子傻一次我也甘願。」

阿良不必自己傻，六個姊姊搶著替他傻，說是這麼說，也得看夫家允不允，再說，有的只生一子，有的甚至連個子也沒，想過繼也有心無力。姊妹們為了娘家香火費盡心思，不忍把阿良逼上絕路，早些年曾打算讓老五或老六招贅，只是家裡明明有個兒子，還來搞這一套，總顯得不太成體統，顧慮多了便拖沓，久了就不了了之。

碰，碰，碰，聲音在耳孔內彈跳，反覆落地再躍起，穿過阻擋，掠過目光，入籃，得分。幾個小六生在球場張牙舞爪，像極了鬥雞場上爭鋒角力的公雞。占上風的是那個子最高的，幾乎把其他人壓著玩，一挪腳再一伸手，球就落入他掌握。

「李志杰你不要撞我！」「我才沒撞你。」「你有。」「我沒有。」「明明就有，說謊鬼！」「你說誰說謊?!」「就是你！」「幹，你找死是不是！」兩人吵得快打起來，另外四個有的勸和，有的煽風點火，搞得鬧哄哄一團。阿良見情況不對，快步趕到籃球場那側圍牆邊，大喊：「囝仔兄，不要打架呦！」

「我們沒打架，我們是在打球，他們兩個是在吵架，但沒打架。」「是嗎？感覺像快要打起來了。」「關你屁事！」高個子滿臉不悅吼道。「我只是怕你們打起來。」「打起來也不關你的事。」「好吧，算我多管閒事，」阿良裝出一臉委屈說：「誰叫我雞婆！」孩子們一聽都笑了，除了那高個子，依舊板著一張臉。

阿良只管自己雞婆，對別人可不敢太雞婆，畢竟雞婆對人雞婆，人家也不見得甩你雞婆。「沒想到連小孩也嫌我雞婆。」他一臉失落地說。「是那小鬼沒禮貌，你別跟他計較。」我安慰道，但根本沒必要，他六十年可不是白活的，早就已經看開了。

「那男孩……」他欲言又止。「怎麼了？覺得面生嗎？他是這學期剛轉來的。」「不，不是這個。」「那是什麼？」「只是覺得，他眼裡……」「嗯？」「有刺。」「刺？玫瑰的刺還是仙人掌的刺？」我開玩笑地說。「都不是，」他一本正經地回答：「是老成世故的那種刺。」

阿良的雞婆心比誰都細膩，兩隻眼睛機靈得彷彿能看透因果造化。若不是我早知悉內情，大概也察覺不出什麼端倪，以為那名叫李志杰的男孩不過就是個性情乖張的屁孩罷了，誰曉得他父母鬧成那樣，非得把他丟來爺奶家不可。

「離婚嗎？」「離婚倒還好，不至於這種下場，讓孩子活受罪。」「怎麼了？」「男的搞外遇，女的搞人命。」「搞誰的命？」「她自己的。」

一張白紙鋪展於前，兩手執三寸雞毛，左右開弓，先撇復橫後一豎，同墨一串字：人生寄一世，奄忽若飆塵。兩行字跡如出一轍，分毫未差。

「哪來的詩句？」「古詩十九首。」「迢迢牽牛星？還是青青河畔草？」「是今日良宴會。」「呵，有個良字，倒挺合你的！」他瞟我一眼，帶著幾許媚意，又瞬間收斂下去，直盯著紙上的墨跡。「這就是你一直想寫的嗎？」「不是，練練字罷了。」隨即將紙揉成團，扔進紙簍內。簍子裡滿堆的遺字殘句，如他心底壓抑的盼望，無法訴之於口，只能任其夭亡。

阿良惜字如金，下筆多番斟酌不說，寫壞的亦不忍隨意棄之，一律拿至惜字亭焚渡；要他賣字畫更是萬分不捨，寫寫春聯倒是願意，不做交易，只給人情，阿財家的門聯就是出自他手筆，年年皆如此；總說阿良惜字，誰不知他更惜人。

人字兩筆劃，成雙才得人。阿良獨占一撇，缺一捺，人何在？阿財終究湊不上，隨便找個人湊合嘛，阿良倒也沒想，直言都這把年紀了，哪還敢奢望什麼！「以前那位五金廠老闆呢？真的沒聯絡了？」「沒，都那麼久了，人家早找到伴了吧。」阿良說罷一陣沉思，彷彿返回了十年前，他剛歸鄉那年，一個大腹便便，長相福態的男子，穿著一身彆扭的西裝，從北部追了下來。

「那時看著還以為是要求婚呢！」我笑著說。阿良跟著笑答：「呿，吃喜酒倒是像，求婚就免了。」「你啊你，真不惜福，難得有情郎哪！」「的確，難得，真難得。」「後悔不後悔？」阿良默不作聲，提筆蘸墨，在紙面寫上一個偌大的人字，一撇下筆深且重，另一捺則又輕又淡，尾梢近乎無痕。成人，固然可喜，不成人，倒也無妨，他澹然地說。

成不成人事小，成不成家事大，我暗自忖想，沒敢說出口，阿良心裡大概也有數。他父親生前總巴望著這雞婆兒子轉性，娶妻成家生子，莫要孤家寡人一輩子才好。阿良早抱定自成一家，不只筆墨功夫如此，往後餘生亦然。

「你這頭髮總算留得跟原先一樣長了。」我說。「還沒呢，還不到六尺呢！」阿良說著伸起手，順了順頭髮。我腦海驀地浮現他理平頭的樣子，就在他父親過世那時，他斷然將整頭長髮裁掉，不顧守喪禁剪髮剃鬚之忌。

親友鄰人一個個罵他不孝，該剪的時候不剪，不該剪的時候倒剪了，存心跟你父親作對是不是?!我猶記得當時他一臉悽慘，冷冷地低聲自語：「對，我不孝，我就是不孝了一輩子，才想好好孝他一回，為他當個真正的孝子……」

「枉然啊，生這款雞婆兒子來忤逆！」旁人一個個再添幾句罵：「實在是真不孝啊！還有良心嗎？」罵聲連連，哭聲滔滔；孝女哭孝，阿良不哭不孝，默默把淚吞，自己哭，自己孝。

轉眼十年過，阿良一顱髮絲留了多長，人也為他父親留了多久，說是給良心絆住了，當初未能趕上父親最後一面，便不敢再走。「我虧欠他們太多了！」他語重心長地嘆道。「誰不是呢？」我寬慰他說：「人活著，總免不了虧欠哪！」話音未了，他又嘆了一聲。

阿良好，阿良妙，阿良阿良咯咯叫。阿良老想當阿娘，娘裡娘外，良知良能，阿良娘猶在，輪不到他來娘。阿良他娘雖是娘，常常忘了是個娘，忘天忘地，忘爹忘娘，平生幾近忘光光。「阿良娶新娘了，咱阿良娶某了！」老身老眼老糊塗，將阿財看成阿良，把阿良看作新娘。「娘，這是阿良，不是伊的某啦！」「亂講，阿良哪是查某人！」阿良聽得臉兒笑，心兒酸，盤起長髮給髻上，端出兒子樣。「娘，我是阿良，有認出來否？」「你是……阿良？對對對，你是阿良啦！」阿良歸阿良，阿娘歸阿娘；良人終究不成娘，娘人只能當阿良。

順口溜易謅，人生路難走。阿良走了出去，又走了回來，走過燈紅酒綠，走不過夜半鄉愁。「真幸福哪，這些年輕人！」阿良看著電視說。新聞裡一列遊行隊伍，男男女女手執虹旗，對著鏡頭咧嘴歡笑。「真走運啊，活在這樣的時代，再也不必走得那麼遠了。」

「你也活在這樣的時代了呀。」我說。他苦笑著答：「活是活了，可惜晚了一步。」「你不是晚了，是早了，早沒顧忌了不是？」「嗯，說的也是。」他半遮臉佯裝害臊，像個三八阿花。「不必躲躲藏藏真好。」他欣羡地說。螢幕放映出城裡的光景，彷彿也重現他待過的時光。「那條路，我也走過……」話說到一半，旋即落入虛空。每次一提起過往，阿良就面露慚愧，難免的，年少難免荒唐，而那荒唐我也曾見識幾分。

我跟阿良同年上大學，都在北部，但兩校隔得甚遠，平常難得見面，僅靠電話聯繫。阿良大二那年就休學，嘴裡說是不想讀了，其實是待不下了，他那副雞婆樣太惹人眼，多少受了些欺侮。我勸他撐下去，彼時大學哪那麼好考，村裡大學生極少，十根手指頭算都還嫌多，讀著終究是個面子。他不聽勸，也不願回家去，更不想向家裡伸手，就隨便找個差事過日子。閒暇時他都在圈子裡遊蕩，公園、酒吧、三溫暖，釣人也被人釣，陸陸續續跟了幾個人，有的瞎混一段，有的認真一場，來來去去住所換過不下十處。

「不下十處說得保守，有時一天換一個呢！呵，年輕氣盛嘛，整天想著那檔事，現在哪敢呀，也沒這氣力啦，一把老骨頭快散了還胡搞亂搞，老命都沒了！」阿良說到胡搞亂搞四字時，臉色忽黯下來，約莫憶起不愉快的往事了吧。

在那保守的年代，好多事都得偷偷摸摸地做，偏就是有人欺你見不得光，硬要把你從暗處揪出來。阿良曾被押上警局；警方突襲三溫暖臨檢，一夥人全被強扣上妨礙風化罪名。掃蕩行動鬧了幾天，報紙版面也炒了幾日。我猶記得當時報上那張照片，所有人都遮頭蓋臉，只有阿良面對鏡頭，坦然自若，毫不掩藏。

「哼，我又沒錯！」日後談起那事，阿良總這話。彼時阿良遲遲找不到人來交保，我因有事亦漏接了電話，後來竟是阿財搭六、七個小時野雞車，連夜趕上來贖他的。「真是有情有義。」阿良說。情義何止這一樁，十根手指頭算也算不完。有情有義這話阿良老掛在嘴邊，掛了十幾二十年了，再掛個二、三十年也值得。

事隔多年，再回首，阿良對那段過去仍感到不堪，所幸在這不堪之中，尚有一絲欣慰。「還是自家人好啊。」他說。「誰家？」我明知故問。他瞅我一眼，不作聲，光是笑。好吧，心照不宣，我知曉。

書法班裡空蕩蕩，只餘二人，面桌擺陣，舞筆，蹈墨。一隻老手先指引，另一隻小手後跟上。「沉住氣，不要急，慢慢來……」點成點，勾成勾，提彎撇捺，橫豎八筆。一個永字，在男孩筆下有模有樣，和阿良寫的竟相差無幾。

「你字寫得不錯，就是太浮躁了，定性還不夠。」阿良說。「我才不想寫哩，是你們逼我的。」「學校要派人參賽嘛，你字寫得最好，不逼你逼誰？」「什麼鬼比賽關我屁事！」「嘖，真粗魯，把屁字拿掉。」「關你屁事！」「還講！」「屁屁屁屁，全都是屁！」

小屁孩一個。屁孩我見過不少，沒見過這麼屁的。屁歸屁，倒是挺有才的，琴棋書畫都摸了幾成，家裡肯定花了不少錢，外表也長得出眾，什麼好處都占盡了，就差在那壞脾氣，再多錢也培養不了。

「李志杰，你書法學多久？」「我才十二歲，是能學多久！」「嗯，所以是多久？」「十二年。」「啊？」「減十年。」「喔。」「再加一年。」「喂！」我叫他別鬧了，三年就三年，一句話拐這麼久。

「真好，家裡肯花錢讓你學才藝。」阿良說。「是我媽教我的。」「你媽媽是教書法的？」「不是，她只教我一個。」他盯著阿良的長髮，說他母親頭髮也留很長，可以在脖子纏好幾圈的那種長。「那她也會把頭髮當毛筆寫嗎？」我問。他不答理，直盯著阿良的長髮，沒來由地冒出一句：「你看過人上吊嗎？」阿良愣了一下，噤聲搖頭。男孩童稚的臉上漾滿滄桑，彷彿活了好幾輩子似的，淡漠地吐出他的詛咒：「我看過。」

我看過，阿良的詛咒。他在男孩這樣的年紀，頭髮便開始愈蓄愈長。青春花正開，男孩蛻變成男子漢，女孩出落成姑娘家，而阿良，長成了一朵奇異的花。花蕊嬌，不落俗，眾人見不得好，紛來摘折又踩踏，非要把花栽入俗。

屋外陽光灑滿地，一片火熱燙眼，燒盡視線所及之處，卻蔓延不到陰冷的室內。「這裡面真寒涼，雞皮疙瘩都起來了。」我說。阿良和男孩專注練字，絲毫沒被我分心。他們二人如巫覡行祭，在一筆一畫的儀式裡，禱咒，招魂，慢慢喚出往昔的魅影。恍惚間，我看見阿良的長髮逐漸減縮，愈縮，愈短，短到舞勺之年，一張符紙粗魯地貼到他額上。

「伊這是讓冤親債主纏身所致！」乩童搖頭晃腦，吐出神明旨意：「伊身軀內住了隻女鬼，才使得伊變成這款不男不女的德性！」說完便念起咒，揮手蹬足擺架勢，將酒水一口噴到阿良臉上。阿良驚聲尖嚎，淒厲得活像鬼現形，被人壓制住的身體不停扭動，一臉受辱地哭喊：「不要，快給我放開！我到底做不對什麼?!」

「大膽惡鬼，本濟公在此，還不快退散！」活佛耍法道，耍了半天無效，轉向城隍討公道，城隍爺又失靈，改投靠五年千歲，可惜猶無所成，繼之拜媽祖婆，跪太子爺，求保生大帝，吃盡香灰，喝罄符水，吞遍苦頭。

神祇不靈驗，藉口仙佛難救，或改口不是有鬼，而是伊有病。有鬼給神治，有病讓人醫。中醫補陽氣，西醫診心病，祕醫偏方救命根，從頭醫到腳，醫得了他一人，醫不了眾人的愚魯無知。

「下手別太重，輕一點，尾端才好收拾……」阿良為男孩指點筆法，模樣莊嚴似觀音，妙筆生蓮花。想當年，便是觀音媽點悟了阿良父母這道理：男身女相也好，女魂男命也罷，陰陽相合，本為一體。

雞啼，婆不啼，不愁雞啼，只愁婆不啼。阿財的老婆不及老，幾年前早就死翹翹。滿屋子雞啼，少了另一半來啼，阿財盼個第二春繼續啼。村鄰親朋牽紅線，牽來又牽去，牽到雞，牽到婆，就是牽不到雞婆。

阿良牽不到也不幫牽，只因他不喜阿財續弦，並非出於私心，而是和他亡妻交情深，不願誰來竊走她的位子。「娶什麼娶？活到這年紀也沒剩多少日子，還搞這一齣！」他滿嘴忿怨。「你別這麼說，她若地下有知，也會希望他身旁有人照顧。」我試著說情，阿良卻不領情。

七夕過，中元隨至，再隔三日，即是村裡的大醮祭。祀神，渡鬼，宴人。家家擺禮奉拜，戶戶辦桌饗客。人間歡鬧聲滿溢，抵天庭，達地府，眾生鬼神同享樂。

阿財筵六席，酬請舊知新交，款謝養雞事業往來友夥。阿良也來鬥鬧熱，家中人丁單薄，姊妹們遠嫁外地，老母又長年待安養院，屋厝空蕩荒置，節俗常略而不過，他來阿財家串門子，就當在自家過一樣。

「來，大家盡量，啤酒還是高粱自己隨意。」阿財與友人們相互敬酒，敬到拱酒，拱到灌酒，灌到酗酒。「幾箱幾打的酒不趁今天拚完，豈有放到明天的道理？」你一言，我一語，你一罐，我一瓶，酒摻話，話配酒，喝酒兼喝話，說話也說酒。

一個女人緊貼著阿財，嘴裡是熱呼呼的嬌嗔，眼中是冷冰冰的敵意，狠盯著阿良，像在防賊似的。女人原嫁給養豬的，丈夫短命早歸天，後改嫁給養牛的，沒幾年又遭不幸，現在牽上這養雞的，老天保佑，但願事不過三才好。

兩人結識僅僅一個多月，就已走到談婚論嫁的地步，有道是打鐵趁熱，阿財這塊鐵冷了好些年，如今遇上這隻風騷雞，打熱起來便沒完沒了。

「阿良，阮阿公生前有交代，要記得人家恩情……好幾十年前鬧雞瘟，我家雞隻全死了了……若不是恁好心掏錢救濟，阮家恐怕就悽慘了！」阿財喝得酒酣耳熱，說個不停。阿良叫他好了，別再扯舊帳了。他整張臉赤紅似猴屁，邊喝邊吐，又吐又喝，那女人閃得老遠，怕遭殃。阿良倒是不介意，被嘔個滿身也面不改色，抽了紙巾直往阿財嘴上送。

「阿良呀，你實在真體貼，可惜，可惜不是查某，不然我一定娶你！」「黑白亂講！」阿良笑罵道：「叫你別飲太多，飲得醉茫茫在這黑白亂講！」「是真的，我沒亂講，我對天詛咒，騙你我下一世當雞……」「莫再亂講，別人要當真了！」阿良瞥那女人一眼，只見她也面漲成紅屁，不知貪喝了多少？

大廟那頭火樹銀花開，爆燦眩惑，光彩掠目，亮滅如繁星誕逝，稍縱即無。阿良入屋清理衣身，遲遲未出來，我怕他錯過了，便進去催喚他，卻見他偎著後門，讓煙火燃得滿臉淚光。傷歌起，泣聲落。他在流淚，他在流淚，沒人知道他。我默默退了出來，把這最後的一點餘地留給他。

校門布告貼紅紙，紙上墨跡報喜訊：「賀本校六年乙班李志杰同學榮獲全縣中小學書法比賽高年級組第二名。」

文字係阿良寫的，略去指導教師名，約是不想攬這功勞，臉上還是挺得意，遠勝於自己拿獎，男孩倒不見一絲喜色，滿臉不甘願樣。

「怎麼？不甘心只拿第二？」「才不是。」「不然是怎麼了？」「被騙了！」「騙？誰騙得了你？」「你們！」

「是我不對，」阿良面露愧色道：「沒事先跟他說，前三名要代表本縣去參加全國比賽。」「原來是騙這個，騙得好！」男孩白我一眼，比桌上那疊宣紙還白。

每周一、三、五戌時，是他倆的書法之約。筆墨功夫好比武藝，上手歸上手，久不磨練也會生疏。阿良求好心切，生怕前功盡棄，強要男孩多練字。

男孩家人管得緊，對此倒樂見其成，晚飯後就放他出門。不知他是否拿這當藉口，非約定日也常見他外出，獨自在球場上揮汗馳騁，渾身一股狠猛勁，像是要把這世界擊潰似的。

「你會打球嗎？」男孩問阿良。「不會，一輩子沒打過。」「要我教你嗎？」「我對運動不大行。」「我可以慢慢教你。」男孩赤著上身，汗水淋漓，在黑暗中游動，發光。

「來啊！一起打球。」「我，真的不行……」嘴巴不，雙腳行，直朝球場走去。「投籃就好，試試看。」夜色濃，星月稀，跑場猶可辨視三兩人影，球場那頭已不見他倆的身跡，只聞投籃聲匡啷匡啷，匡啷匡啷。

隔日清晨，第一聲雞啼剛起，謠言就已升得比日頭還高。誰家誰告訴誰看見誰和誰，誰和誰看見誰告訴誰是誰？我立馬趕赴書法班，只見阿良倚牆而立，直瞪著攤在桌上的那張紙。

「你……」「嗯？」「早市有些傳言，實在胡扯至極，我才不相信那……」「我只是抱了他一下。」「啊？」「他哭了，哭得那麼無助，我不過是想安慰他……」阿良盯著面前的白紙，眼中看到的，卻是昨晚的黑夜。

「去死吧，該死的都去死！」匡啷匡啷，碰，碰，碰，匡啷匡啷。「誰該死？」「凶手。」「什麼凶手？」「害死我媽的人。」男孩一球接一球，匡啷匡啷，三分球連進四球。「我向神明許願，如果我連中十球，就讓他們死！」他奮力一投，球卻彈出籃外。「幹！」

「你媽不會希望你這樣的。」「少廢話！投你的球吧！」「不投了。這種球我不投！」「幹，少在那裡雞雞歪歪，」男孩用哭腔大喊：「如果死的是你娘你還能說得那麼輕鬆嗎?!」球滾落地，愈滾愈遠，哭聲卻愈滾愈大。

「對不起，」阿良說：「真的對不起……」

書法班關門了。醜聞訛傳八方，眾口不問實相，逕將謠言當真。「有夠不要臉，都一大把年紀還……得把囝仔顧好，莫讓那雞婆拐去了！」人云亦云，假亦成真。

屋漏雨連夜。一事尚未平息，阿良又忽遭母喪，說是睡夢中去了的。「得好死，真好命哪。」阿良喃喃自語，臉上掛著笑靨，旁人以為他癲了。

阿良辦白喪，阿財迎紅囍，婚嫁出殯日相撞。阿財本想迴避，另擇吉日設宴，但女方不同意，畢竟婚期早定了。那女人本就不喜阿良，謠言鬧開後更是極力阻攔他倆往來，阿財這趟上門也是瞞著對方。

「別為難，」阿良對他說：「就各忙各的吧！你來上這炷香，就已盡了人情。」阿財點了點頭，總想再說些什麼，兩人卻一陣默然，什麼也沒多說。人情盡了，當真，盡了。

喪樂響，喜炮放，同喧鬧，兩樣情。阿良一夜白了頭，多年的烏髮不復在。村人們議論紛紛，像是目睹天災異象似的，胡扯瞎編故事起來。「他一定是吸取孩童精氣，才能一頭烏髮六十年黑似墨！」「就是說，老在圍牆邊盯著孩子看，真嚇人哪……」

空言妄語，不犯阿良耳。阿良將一頭長髮裁短，以兒子的身分，送老母最後一程，照舊臉無淚，心自孝。喪後，阿良與阿姊們共商量，將老家產業分配好。阿良把自己那份給了姪子，他六姊的么兒；那個改冠上母姓，讓祖宗有嗣可傳，使阿良終無歉疚的，後繼子孫。

「是時候，該走了。」一日大早，阿良來向我告別。「你要去哪？」「去我該去的地方。」阿良將帽子摘下，露出一頂大光環。「我屋裡的衣物全給妳。我再也不需要了。」

「你，你還會回來嗎？」阿良無言語，只回我個笑臉，隨即轉頭，走遠，愈走，愈，遠。

我來到書法班，發現桌上一張白紙，是阿良時常凝望，思索多年的那張。紙上，半點墨跡也無；紙下，蓋著一件大紅色的嫁衣。

日頭正熾豔，心頭卻悲涼。孩童的喧鬧聲襲來，有的笑，有的哭。球場上叫喝聲包抄圍攻，運球聲碰碰跳動，一個捷足躍起，匡啷匡啷。

我將嫁衣捧在懷裡，仿阿良倚牆而站，目視那張空無的白紙，想像他正一步一步，走向彼方。「阿良……」我不捨地輕喚。

阿良不是雞，也不是婆；不必做雞，不能成婆，不再是雞婆。雞婆一輩子都想著嫁人，一輩子嫁不了人。出嫁不成，去掉女字，出家便成。

犁族大進擊！

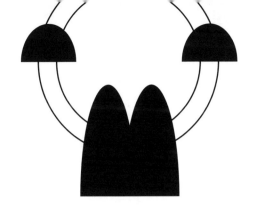

一隻牛，天頂上是一隻牛，兩蹄奔踏黃道帶。黃道十二宮，宮位輪迴轉；三月春分起白羊，六月夏至臨巨蟹，九月秋分始天秤，十二月冬至歸魔羯。農民曆逐頁翻，好日子照舊數，二十四節氣，依時序替嬗。四月，穀雨，金牛上位，犁族共集結，起義護家業。一群牛，地面上是一群牛，眾聲齊喚領頭牛：「阿男！」男字，田力也。阿男有田有力，力勁大如牛，耕田耘地，比牛還牛。阿男非男身，女命才算數，面色陰柔，身態陽剛，肩臂厚實能扛，臀腿腴豐可踞，頂天立地，比男還男。

「快，快把阿男圍起來！」一夥人手拉手，臂勾臂，簇成一道同心圓，將伊擁在圓中心。「別讓他們得逞，當作咱種田人好欺負?!」一張張土氣臉孔，黥滿烈日的顏色，張嘴吼出光與熱：「還、我、良、田！」白色布條上，幾個黑色大字，天什麼理，公什麼道，正什麼義，什麼跟什麼，哼，什麼都不什麼了！

阿男出生於七〇年代，我也是。七〇年代的星光比現在亮得多，碳排放量比現在少得多，糧食自給率比現在高得多，大樓林立密度比現在低得多；誰也不敢說那是最好的年代，但誰都默默想著那年代，至少比現在好得多。

七〇年代逝去已久，又彷彿仍繼續存活，在歷史課本上還魂，在老一輩的詠懷中現身，在一份份報章資料影音檔案內迴光返照……七〇年代的精神不滅，就像阿男家後院，那間荒廢的牛舍裡，一張老舊犁具，隨時代湮沒，塵封記憶深處，卻始終留著一口氣，活在每一代人的唇齒間。

俗諺有云：「做牛要拖，做人要磨。」若做人兼做牛，就要拖又要磨。阿男會拖也會磨，但從沒駛過牛車，亦未曾使過牛犁。在機械牛當道的年代，水牛黃牛早就下台一鞠躬，而在這工商業掛帥的時代，連機械牛都快沒多少戲可唱！

阿男有一頭鐵牛仔，是她父親傳給她的，就像他父親把犁傳給他那樣。村裡，不，鎮上，不，縣內開耕耘機的，清一色是帶把的，沒把的大概就她一個。她時常駕著那台機械牛，為村里人家整整地，給自家農田翻翻土，就像她祖輩幾十代人，千百年來軛牛犁田那樣。

我常回憶起往昔，那段耕犁時光。阿男她祖父和我，一人一牛，頭頂著烈日，腳踩在水田，全身汗濕漉漉，氣力漸耗失，心神卻不疲。老人哞哞呼喚我，我也哞哞回應他，人牛同心一體。「好牡牡，乖牡牡，真會犁田，人哪有得比！」老人拍拍我背脊，笑吟吟稱讚道。他總是誇我有靈性，說東就向東，說西就向西，彷彿聽得懂人話一樣，八成是牛郎星跟前那隻牛下凡來的。

故人已離去多年，話音猶在我耳際，清晰如昨日語。我沉湎舊日情，滿懷感念，悲歡交集，忽來一陣轟隆聲，攪擾心緒。高鐵列車疾行而過，新時代飛掠眼前，不斷加速又加速，拖著世界向前復向前，再也緩不住，慢不下來了……

「反對徵收農地！（反對徵收農地！）反對強制開發！（反對強制開發！）」阿男持大聲公呼喊一句，眾人跟著複誦一遍，聲勢如雷貫耳。螢幕上萬頭騷動，夜晚的府前大道光燦如畫，嘶吼聲似狂潮烈浪，翻湧在城市上空，一波接一波，撼動人心魄。

阿男坐在鏡頭外，看著鏡頭裡的自己，彼時一頭俐落短髮，現今已蔓過了肩頭。「這只是初剪，想先讓妳看一下，」拍紀錄片的年輕人搔搔頭說：「剪接我是外行，我會再請教我的剪接師學長，把這部紀錄片剪得更好一點。」

阿男面無表情，嘴巴沒表示好壞，眼神倒先洩了底，有些悵然若失。「怎麼了？不滿意嗎？」她默不作聲，把這新手導演搞得更緊張。「哪裡不好？妳跟我說，我……」「我錯了。」「什麼？」「我不該……」阿男兩手抓著頭說：「我不該把頭髮剪那麼短！」「啊？」「樣子好像男人婆，不，不是好像，看起來根本就是！」她惱恨地說：「我從小就被叫男人婆，為了擺脫這稱號，十幾二十年一直留著長髮不敢剪短，這下子可好了，大家都覺得我是男人婆了！」

導演阿安一臉莫名其妙，心想她不是早頂著那顆頭上過電視登過報紙，怎麼如今才這麼在意起來？「可惡，那死沒良心的要再婚了！」「誰？」「豬狗不如的王八蛋！」他明白她說的是誰了。「他的日子竟然這麼好過，一個換過一個，我連個屁都沒有，真不甘心！」阿男一臉敗陣樣，又接著說：「嫌我太粗魯沒女人味，去外面勾搭那些風騷雞，那種貨色是有多好？」阿安想說些什麼安慰她，一句話就要脫口而出：「她們全都沒妳好，妳比隨便哪個都好上一千倍一萬倍！」但不知為何，這話他遲遲沒說出口？

「咱沒輸，咱贏了，從一開始就贏了。」紀錄片裡的阿男喊道。她看著螢幕上的自己，聲嘶力竭，熱血沸騰，和台下的群眾團結一心，凝聚一體，無論男女，不分陰陽，看著看著，胸臆充滿力量，心念一轉，又理直氣壯起來：「男人婆又怎樣？老娘就是，男、人、婆！男得問心無愧，婆得天經地義！」

阿男有田，在高鐵橋下，五分地一塊，八分地一爿，實實在在，登記她名下。

阿男有力，拿得起，放得下，能扛重責，可擔重物，五穀背負不費勁，蔬果肩挑不喘氣。

阿男父系數代單傳，到了她老爸這一輩，接連生了七仙女，人事盡了又盡，終究抵不過天意，拚不出個牛郎來，還把母命也拚掉了。

姑娘們長得好，個個嬌麗如花，花容展各樣，而阿男，長成了一朵黃豔陽。豔陽花日漸綻放，花蕊終入別人家，撐不到三年，認賠收場，返回娘家，決心不再嫁；接下田業，面向日頭，踏踏實實，當一株自立自強的花。

阿男不想當嬌弱的花，只想成為一棵挺拔的樹，就像她祖父那樣。阿男她祖父生前的事蹟，至今仍是村裡的傳奇，聽不膩，說不完。他參與過七〇年代那場農民起義，且是村裡挺身舉事的唯一一人。他們說他駕著那台破牛車，提前一個禮拜出發，從南部這落小村，一步一腳印，牛行至北方那座大城。他們說了五分實，扯了三分虛，留著兩分至今仍在扯，扯他就只攜了一張犁具，其餘什麼也沒帶，連吃喝拉撒睡都省了，神話人物求仙得道那般一路向北而去。

路途迢迢，牛車慢悠悠，無人知曉他走了哪些路？有人說他根本沒走到，只是去鄰近鄉鎮蒙混了幾天。有人說他確實走到了，還在抗爭衝突中用那條老命跟著大幹了一場。我說，他其實沒走到，但也真的走到了。

我循著記憶往回走，走回那條漫漫長路上。時值五月，氣溫漸燠熱，日光猶未灼身，第一期稻作已紛紛抽穗開花，再過個把月，即可收穫成粒粒盤中飧。和風吹，稻浪搖，田園春色，一派豐饒。我拉著牛車，老人安坐其上，頭戴斗笠，身穿汗衫，一雙赤腳晃呀晃，隨哼唱聲擺又盪。我們走過鄉間小路，也走過市區大街；行經住家，向人討些茶水，潤喉淋身消暑熱；途經田野，見溝圳水滿溢，老人索性沐身嬉遊，而我蔭涼食草休憩，彷若舊時童牧生活。

「舌沾水，才能活，」老人兩掌掬水，對著自己，又像對著天地，說：「活命就要沾活水。」活水源源，從河上游來，沿著大圳，流入溝田，養活眾生萬物。彼時誰能知曉，十年之後，石化工業將盤據下游，張開巨口，吸去大半活水，讓溝圳裡的水活得，愈來，愈，少，少到必須鑽井抽水，才，活，得，了！

阿男啟動馬達，汲取地下水，適量即止；把水裝入灑水器，揹在後背上，一壟一壟的巡，一株一株的澆，根部飽水就好，莫過度揮霍，怕後患無窮，像沿海地帶養殖業那樣，抽水抽過了頭，抽得遍地苦頭。

阿男有兩塊田，皆為旱田；五分地露天，時而栽花生，時而種玉米；八分地溫室，夏日生小黃瓜，冬天結小番茄。阿男父親也有田，兩爿都是水田，終年種水稻，收成大半出售，餘數儲作糧，餐餐有新米吃，年年有舊米釀。

「阿伯，恁怎不改種旱作物？」農會辦事員常來訪，輔導農家水田轉作，好落實節水政策。先講好話勸：「政府有補助，一年有好幾萬塊可領，種土豆、番麥、甘蔗也較省水……」再說壞話脅：「種水稻用水真傷，抽水抽太多會地層下陷，影響高鐵通車安全……」

「好啦好啦，明年再看看。」他打發著說。結果明年一看，種的還是水稻，後年也是，大後年亦然，大大後年依舊，大大大後年仍不改……他老是好啦好啦，隨口敷衍，辦事員來多少次都一樣，不信道就是不信道，堅持走自己的道，種自己的稻。

「真固執，跟牛同款。」阿男老是這麼說他。「恁爸甘願做牛！」他總是這麼應答，兩根食指立成牛角，學牛哞哞叫，有模有樣，活脫脫就是一頭。呵，他駛鐵牛仔三、四十年，可不是駛假的，比牛還像牛！

「種水稻會地層下陷？騙痟仔，當作我是憨牛嗎？」「是怕地下水抽太多啦！」阿男解釋道。「沒水當然要抽啊，不然要去哪生水？」「抽的速度若是比蓄的還快，地就會塌陷落去啦！」「水難道是抽入咱自己口袋裡嗎？一點一滴還不是全都還給土地！哪像那些瘠貪的石化工廠，吃水吃得有夠難看，整條濁水溪都快吸光光！」他朝地上啐了一口，氣沖沖地說：「看他們到底要多少水才夠，儘管說，咱種田人一人一張嘴全吐給他們！」

一座城，畫面上是一座城，從一百多年前的黑白老照片，進展到一百多年後的彩色紀錄片，更換了風貌，轉化了姿態，蛻變得活像是另一座城，城內的荒瘠長出滿地繁華，水稻田裡種起了高樓大廈。

「我做了一些調整，紀錄片改從一張老地圖開始，十九世紀末的台北城，」導演阿安說：「再加上幾張老照片，與今時相對照。你們遊行集結的位置，東城門這一帶，當時可是一片稻田哩，」他將畫面定格，說：「妳看，就是這張照片，農人在收割稻子，用人力打穀，仔細看，還看得到台北城牆。」

「城牆？」阿男專注地看了幾秒，一臉驚奇地問道：「怎麼會有城牆？」「本來有呀，清末建城有築牆。」「那現在怎麼沒有了？」「被日本人拆掉了。」「為什麼要拆掉？」「為了要建設呀。」「建設什麼？」「建設城市發展經濟呀，總要先拆除才能進行建設……」「這什麼話?!」「啊？」「為了建設就要毀掉什麼嗎？這實在太霸道了！」「日本人是很霸道沒錯啦……」「不只日本人，所有人都是！」阿男怒聲大吼：「人就是這樣，不管在什麼時代，全都一樣的霸道！世上還有什麼比人更霸道的?!你說，你說啊！」她把剛採下來的小黃瓜一根一根折斷。「妳別激動，對不起，是我說錯話了。」「我怎麼能不激動，那麼多農地被毀掉，從以前到現在，一直，一直都在被毀掉！」

阿安左手托著筆電，右手撥動定格的畫面，快轉，倒轉，轉個十幾二十年，轉到六、七〇年代，轉過大戰紛擾的歲月，轉回一百多年前。一百多年前，不，再往前一點，從戴潮春起事，推前至林爽文起義，大約就在這個時間，阿男的祖公仔，從對岸那片大陸，越渡黑水溝，來這座小島尋生路。「六死三留一回頭。」阿男的祖父對我說，說些古早遷徙史事，荷蘭人引進水牛，大陸移民也帶來水牛，說得好像我不是一隻牛，而是一個人，把我當人看，跟我說人話。

我不會說人話，但我會聽人的話，聽久了腦袋便一堆話。有些人似乎聽不懂人話，甚至不屑聽其他生物的話，他們只聽自己的話。「不能任由他們胡作非為，工業園區蓋個不停，把農地一塊塊糟蹋下去，一定要阻止他們才行！」阿男透過擴音器大聲呼喊，嗓音迴盪在今時喧鬧的大都會，迴盪在舊朝僻靜的小城廓，迴盪在更久遠以前先住民的狩獵場……梅花鹿鳴聲躍起，凱達格蘭人步伐緊追，穿越不再通行的東城門，一路奔過犁族幫眾集聚的大道杳然而去……「反對徵收農地！（反對徵收農地！）反對強制開發！（反對強制開發！）」歷史的嘩聲，迴盪世世代代……

阿安又將畫面轉了轉，從喧騰轉向寧靜，轉到中秋十五那天，農家紛紛在田裡插上土地公拐杖。阿男亦親手製了幾根柺杖，獻給土地公伯仔。她從竹林取來幾截細竹竿，頂端從中剖開三、四寸，夾上線香和金紙。「一年兩次，」影片裡的阿男說：「二月初二，土地公生，也要插……」「喂，」影片外的阿男插話：「是要看多少次啦？看不膩嗎？你嘛幫幫忙！」阿安闔上筆電，戴起手套，幫她揀小黃瓜裝箱，好趕得及送交農會，運到市場拍賣，分放至攤位、貨架上，落入人手中，吃進人嘴裡，養活世間百樣人。

每天一大早，朝陽猶未升起，阿男就已先起身照亮世界。世界一片昏昧，名利的昏，權勢的昧，幸好還有人保持清醒，一個阿男，和千千萬萬個阿男，一起打光探路，驅散眼前重重暗影。

阿安手抓攝影機，從早拍到晚，擷取一段段生活光景，從家裡，到田裡，鏡頭對準阿男，畫面上卻映現出那個熱烈的夜晚。「頭戴斗笠喂，遮日頭啊喂……」犁族們簇擁著阿男，像眾行星圍繞著太陽，肩並肩，手牽手，唱起歌，發出光……

阿安持續跟拍阿男一整年，為了完成自己的首部紀錄片，幾乎每個禮拜都南下拍阿男，拍她的柔與剛，悲與喜，愛與恨，從她短髮拍到髮長，走過十二星座，歷經二十四節氣，攝下一個阿男和千千萬萬個阿男的小農日常。

「妳知道中國的牛耕技術是從什麼時候開始的嗎？」阿男坐在駕駛座，正開車前往農會的路上，阿安忽然丟出這問題給她。「我怎麼會知道？我只讀到高職畢業，哪像你讀那麼多書，還出國留過學！」「妳就猜猜看嘛，猜是哪個朝代？」「唐朝？」「不是，再往前。」「漢朝？」「不對，再往前。」「宋朝？」「拜託，大姊，」阿安取笑著說：「唐宋元明清，宋朝怎麼會跑到前面啦?!妳中學歷史課是在睡覺嗎？怎麼連這個都搞不清楚，妳……」阿男臉色大變，佯裝生氣的樣子。「我就是不會讀書，怎樣！你不要惹毛我喔，方向盤在我手上！」「對不起，大王請息怒。」「我不猜了啦，你直接說答案吧。」「答案是……東周。」「東周？」「春秋戰國時代。」「喔，原來，那多久以前啦？好久好久了吧?!」「對呀，已經好久好久，都兩千多年前了。」

春牛圖，圖畫上是一隻牛，牛旁邊站著一個人，形貌隨年支而異，或為幼童，或為壯丁，或為老翁；此乃句芒，芒神，春之神，司掌草木農作生長。

阿安將農民曆放到桌上。農民曆是農會發送的，阿男也替他要來一本。他上網搜尋相關資料，依循關鍵字點進《春秋左傳》電子書：「……五行之官，是謂五官，實列受氏姓，封為上公，祀為貴神，社稷五祀，是尊是奉，木正曰句芒，火正曰祝融，金正曰……」

「芒神，不就是魔神仔嗎？」同事阿仁靠過來說。阿安立刻駁斥：「才不是！芒神是春神，魔神仔是妖魅，根本不一樣！」「知識分子講什麼怪力亂神！」另一個同事阿德也湊了過來。這三人是大學死黨，畢業後兩、三年各自就業、深造，現在又聚在一起合開攝影工作室。「重點不是神不神，」阿安說：「而是要尊敬大自然。古人對天地心存敬畏，將金、木、水、火、土神格化，產生自然崇拜的信仰，看看現代人，智力愈來愈進化，再也不信這一套，良心卻愈來愈退化，不珍惜自然資源，濫取濫用到無法無天的地步！」

「你是在說教嗎，阿安老師？」阿德虧他。阿仁拿起桌上的農民曆，盯著首頁的春牛圖問道：「芒神是個老頭子？」「對呀，今年是，」阿安點開網上的百科頁面，指著上頭的文字說：「每逢子、卯、午、酉年是成人，丑、辰、未、戌年是孩童，寅、巳、申、亥年是老翁，今年是丙申年，當然是個老頭子。」「喔，原來是這樣。」「所以明年芒神是什麼樣子呢，同學？」「老師，我知道，明年是丁酉年，芒神是大人的樣子。」「答對了。那後年呢？」「後年是戊戌年，芒神是小孩的樣子。」「答對了。那大後年呢？」「大後年是己……」「夠了，你們兩個要玩到哪一年？趕快給我出去工作！」

阿安離開工作室，驅車前往自由廣場，替一對新人外拍婚紗照；車子行經東門圓環，尋常的車流，平常的市井，耳畔卻驚現一聲鹿啼，雙手隨即被一股引力拉扯，繞著圓環連兜了好幾圈；明明平日就時常路過的地方，此刻卻像是初次來訪般，竟想一探究竟那城門裡，是不是仍存在著什麼？

光影閃動，迷惑眼眸，隱隱約約中，似乎真能看得見什麼？一條清末時期的街道，街道上走過一支大日本帝國軍隊，軍隊引來美國戰機投下一場砲聲隆隆的戰火……

阿安是土生土長台北人，二、三十年來，不知經過這座城門多少回，卻都未曾好好地把它看個清楚。這是他第一次，真正的把它看進眼裡。一百多年的城門，老了，也不算太老，五十年前改建過一回，起初的閩南式形樣早已不存，此事雖遭後人議論多年，但世事難免輪轉如此。

「那道門，是要通往哪裡？」老人瞪著城門自言自語。我目送二、三十年後的阿安駛離圓環，將目光轉回我身旁的老人，而他也把目光轉向我，對著我把話又問了一遍：「牡牡，那道門，到底是要通往哪裡？」我們站在台北賓館圍牆外，任匆忙的車輛如星體進入軌道，短暫運行，旋即又脫離，但我們視若無睹，四隻眼睛只盯著那城門口瞧。「那道門，」如果可以，我真想對老人這麼說：「那道門，通往過去，也通向未來……」

我們究竟花了多少天的時間，才走到這座城？糧草都吃光了，也不管回程路途，一心只想著要參加農民起義；走了那麼漫長一段路，就為了這四個字，但舉目環顧四周，卻看不到遊行的群眾，甚至連一丁點叛逆的氣氛都沒有，四下一片太平，不見抗爭、衝突與肅殺。

一台巡邏警車靠了過來。兩名警員滿臉狐疑，看看老人，再看看我，又看看老人，又再看看我。「這是在拍戲嗎，阿伯？」警察問。「拍什麼戲？」老人說：「我從南部上來的，是真真正正的種田人啦，來這參加農民的抗議活動。」「參加完了不是嗎？怎麼還不回去？」「哪有？還沒哩！現在才要……」「上個禮拜就結束了啊，阿伯，可以回去了啦，要幫你打電話通知家人嗎？」「回去？我都還沒抗議，怎麼可以就這樣回去?!不行，我要來抗議，抗議政府進口外國農產品，打壞咱在地的農作物價格！」老人扯動套牛繩，催我拉動牛車駛入圓環；從四路五方而來的車輛紛紛停下、閃避，讓我們繞著圓環一圈又一圈，進行一場只有一人一牛的抗議遊行。

　　眾目睽睽，所有人都搞不清楚狀況，眼前這一人一牛到底在玩什麼把戲？有個女人說這大概是行動藝術吧，有個男人說這分明是瘋子在逛大街，有個小孩則說媽咪妳看是馬戲團耶……每個人都側耳傾聽，想聽清楚老人嘴裡吐出來的是什麼？你聽！聽到了嗎？不是怒罵，也不是泣訴，而是……一首歌。「頭戴斗笠喂，遮日頭啊喂……」每當我們一起犁田，老人就會哼唱這首歌。這是我們的歌。每當阿男駛鐵牛仔耕地，她也會哼唱這首歌。「手扶牛耙喂，來鋤田啊喂……」

阿男有田又有力，耕田犁地最給力。阿男給力眾人皆知，上城下鄉打照面，大家都呼喊她的名，誇她有情又有義，有膽識也有擔當，甚且有粉絲一大票，臉書組成個後援會，起了口號這兩句：阿男有田又有力，耕田犁地最給力。

「妳的粉絲突破三萬人了！」阿安興高采烈地說。「是嗎？我沒在注意這個。」阿男意興闌珊地答。「妳怎麼那麼冷淡？有三萬個人喜歡妳耶！」「三萬個又怎樣?!按讚又不用花錢。原本想趁機搞搞網購這塊，結果呢，根本搞不起來！」「妳一定哪裡搞錯了，比如行銷那方面。」「我不知道，看別人賺錢那麼容易，我以為我也可以。」「妳可不要學壞了，變得跟那些人一樣勢利！」「勢利？這樣哪叫勢利？這叫務實。跟我說一遍，務實。」「好，務實。」「算了，還是別務實了，務實了大半年就那幾個光顧，等等，到底是幾個？我想想……」阿男舉起右手，比比五，再比比六，又比比七。

「拜託妳不要單手開車！」阿安大叫。阿男把左手也放掉。「不是叫妳兩手都放！」他叫得更大聲。她立刻抓回方向盤，當作什麼事都沒有。「妳是活膩了，想上西天是不是?!」「反正早晚都要上。」「可是我不想那麼早上啊！」「你好沒種，這麼怕死！」「妳少在那裡嘴硬，誰不怕死?!」「我阿公啊，我阿公就不怕死。」「廢話，他已經死了，當然不怕。」「他活著的時候就不怕死，真的，他真的不怕，所以他才敢自己去死。」

車子駛入交流道，一個過彎就攀上了高速公路。「好好開車，不要再胡來了，在這裡放手肯定上西天！」「太好了！」「好個鬼！」車子一路南下，阿男沒再把手放開，阿安也沒再大叫，活過五、六十公里的公路路程，順利駛抵台南，然後繼續輾過縣道與鄉道，終於到達一處牧場似的地方，門口掛著四個大字：老牛之家。

阿男停好車，和阿安步行進入園區內。整個老牛之家約三甲地大小，將近二十頭老牛，有水牛也有黃牛，或圈或放，散布於園區各處。這些耕牛辛苦奉獻大半生，體力日漸衰退，便從主人家送來此處，安享晚年。

不遠處的高速鐵路一陣轟隆，一班列車南下，另一班列車北上，兩方瞬間交會，如行星合相，旋又分離。每隔十幾二十分鐘左右，就有列車像流星疾行而過，衝破鄉間的寧靜。這是阿男熟悉的風景。當初為了興建這條高鐵，徵收了不少土地，其中為數不少是農田。巨碩的長龍就這麼從北到南，一口一口啃掉大片農地，也啃去阿男家一塊三分地的大半面積。

兩人到訪的這一日，剛好有小學來校外教學，一大群幼童興奮地嘰嘰喳喳，蹦蹦跳跳，跟麻雀一樣。「有好多牛！哞哞～」「我媽前天有煮牛肉，好好吃。」「我阿公阿嬤都不吃牛肉。」「為什麼不吃？」「因為他們是農人。」「農人不能吃牛肉嗎？」「我阿公阿嬤說不能吃。」「那他們吃羊肉嗎？」「吃啊。」「魚肉呢？」「也吃。」「雞肉呢？」「常常吃。」「豬肉呢？」「最愛吃。」「那狗肉呢？」「你是白痴嗎？乾脆說人肉好了。」

阿男家同樣忌吃牛肉，她六個姊姊出嫁後，一個個都不顧忌了，只有阿男還忌這個口。「我阿公說俗語有警示，食了牛犬，地獄難免，所以不能吃牛吃狗。」她向阿安解釋道。「不吃狗是有道理啦，但不吃牛就……」「牛很重要，也很偉大，絕不能吃，你們都市人不會懂啦。」「我懂，中國很多朝代都禁吃牛，因為牛是農耕好幫手，以農立國，少不得牛，但那是在古代，現在都什麼時代了，應當可以……」「好了，在牛的面前，不要再講吃牛的事。」「明明是他們先開始的。」阿安和阿男望向那些小鬼，他們還在嘰嘰喳喳，蹦蹦跳跳，跟麻雀一樣。「非洲有食人族。」「殺人魔也會吃人肉。」「電視上說人肉是鹹的……」

阿男走到木造牛圈旁。裡面有一頭老牛，趴坐在地上，似乎已來日不多，眼眸卻靈爍依舊，與她相對望。阿安看看欄杆上的牌子，上面有牠的資料：「牛寶，26歲，入園時間：二〇一二年六月，家鄉：雲林二崙，主人……」

「這隻牛也是從雲林來的。」阿安說。阿男靠過來看看牌子，說：「我家的牛，以前就住這個欄舍，隔壁那個欄位。」她說著，心思就飄遠到八年前，把自家老牛送到這裡的那一天。

老牛之家的角落，有個小祠堂，土地公廟似的，供奉著死去老牛的骨灰骸，讓來訪的人們祭祀獸魂。阿男向管理員表明來意，確認主人家身分無誤，辦理好相關登記手續，管理員就進入小祠堂，捧出一個甕來。

阿男將甕接過來，緊緊地抱著，一副久逢親人的模樣。「阿安，讓你們認識一下，這是我阿公的寶貝，我的家人，牡牡。」阿安很配合地打了聲招呼：「嗨，牡牡。」

「哞，哞哞。」我回應，但他聽不到，就算聽得到，也聽不懂，我的意思是：「嗨，阿安。」

阿男對阿安訴說起我與老人的前塵往事，兩個人一面聊，一面朝門口方向走去。我緊跟在他們身後，踩著相同的步伐，一起回家。

一條河，天穹上有一條河，隔阻在牛郎織女間。迢迢牽牛星，皎皎河漢女，古詩傳誦千年，吟聲猶未盡，如那盈盈天河，流淌幾多年，掠過世間男女情。

「妳看，夏季大三角，有看到嗎？就在那裡，很亮的三顆星，織女一、河鼓二和天津四，組成一個三角形，最亮的那顆是織女星，第二亮的是牛郎星……」

一夥人在院子裡納涼，阿男她父親與鄰居友人圍坐著泡茶、閒聊，獨獨她一個臥在躺椅上，垂釣滿天星光。自從阿安在七夕前的某個夜晚，為阿男指認出牛郎星和織女星，她就時常像這樣仰望星空，追尋兩千多年來無數有情人共同的眼光。

「星星不只是傳說，更與人的生活息息相關，例如像占星就是，好幾千年前就有占星了，一開始主要是為了農業，」阿安說：「古人觀象授時，從星象來推測時節，確立四季節氣，好利於農事的進行……」若不是阿安跟她說這些，她還真不曉得天上的星辰，竟跟自己周遭的一切有這麼緊密的關係！

「聽人說，那間夭壽石化工廠要改去隔壁鎮建廠！」「啥?!兩年前不是保證說不再建廠嗎？」「保證個屁，那些官僚財團的鬼話可以信嗎！」「是保證不在咱這裡建廠，不過沒保證不會去別的鄉鎮繼續建啊！」「建、建、建，官商狐狗勾結，有錢又有勢，誰管得了！……」

在父輩的批論聲中，兩年前那場抗爭，又回到阿男眼前。彼時石化工廠計畫擴廠，在縣政府的護航下，大動作徵收阿男村子裡的農地，引發一陣騷動。騷動如核爆般散開，愈散愈開，愈開愈大，大到整個村，不，整個鎮包遊覽車北上抗議。

「農地搞石化」成了村民鎮民嘴裡最流行的髒話，比他們此生罵過最髒的髒話還要髒，連幹你啥操你啥都比不上，也許再過個十年、五十年、一百年，這五個字會落實成當地俗語的一部分，例如「你這農地搞石化的！」意思是「你真是有夠無恥（惡劣、卑鄙、下流……）的！」或者，也可以來一句順口溜，比如：「農地搞石化，人生變阿雜」，就像阿男他祖父對我說過的那些俗諺，「唐山過台灣，心肝結歸丸」之類的，源自不同時代，卻同樣都是下層庶民的血淚證詞。

在我們赴北起義的路途上，老人時不時就丟出一句什麼，接著便說起那些典故與過往。他說阿男的祖先出身河南，我的祖先大概是福建或廣東。祖輩離鄉來台謀生，做耕牛，耕牛不好做，當耕人，耕人更難當，世世代代為佃農，種的是地主的田，收成也大半歸地主。人役牛，還算有道理；人役人，哪來的天理？直到三七五減租，道理才真的成道理，又到耕者有其田，天理才真的成天理。

「爸，我昨天有夢到阿公。他很生氣，說你都沒照他的意思去做。」阿男說。鄉下人習慣早寢，年紀大的尤其晚不得，鄰居友人一個個都返家了，剩他們父女二人，說些自家人的私事。「阿公手抓棍子，說你若再不聽話，就要給你打屁股喔！」阿男的表情不像在說笑，父親也沒把它當笑話聽。他拿起杯子，張口喫茶，沒多說什麼，但看他的樣子，應該是聽懂了。

「那塊田我絕對不會讓他們搶去！」老父的聲音在他耳際響起，二十年過去了，依舊清清楚楚。「蓋什麼高鐵?!要蓋也不蓋遠一點，竟然要來侵吞恁爸的地！叫他們別太超過，恁爸的地沒要賣，也不打算給人，別肖想要用搶的，政府來壓也一樣，誰敢動我的田，我就跟他拚命！」

阿男早記不得這些細節了，在她耳邊響起的只有救護車的嗚笛聲，歐咿歐咿地叫。一瓶好年冬，被扔在那塊三分地裡，整瓶已空空如也。農藥的味道，溢滿口鼻，那麼地嗆，那麼地苦，阿男從小聞到大，但那一次，跟記憶中任何一次都不同，特別地嗆，特別地苦，只因那次澆死的不是雜草或害蟲，而是她至親的性命。

「妳看一下黃曆，」父親對阿男說：「挑個吉日良時，咱來去塔裡，把恁阿公的骨灰請出來。」他的語氣聽起來並不十分情願，但就算再不同意，也不能繼續耽擱下去，管外人對這件事怎麼看怎麼想，自己老父交代的，終究還是得完成才行。阿男應了聲好；他收拾茶壺杯具，就進屋去了。

時間已近子夜，最後幾班高鐵列車陸續滑行而過，轟隆轟隆彷似哀鳴。天上星辰靜默無聲，凝望人間起落更迭。阿男緩緩唸出古詩的末兩句，盈盈一水間，脈脈不得語，隨字句穿渡今昔，牽動千年的愁緒，正如阿安對她吟誦這首詩時，同樣的心情。

一九八八，農民起義那年，阿男五歲，阿安剛出生，兩人對當時景況已毫無記憶，不過還好，有人為他們記憶了下來。上影音分享網站，輸入關鍵詞，立刻召喚出一個又一個片段，指尖輕輕一點，眾聲群像傾瀉而出，衝擊眼瞳，拍打耳膜，敲撞腦袋。

阿安查遍網路資料，甚至上圖書館翻找舊報紙，就為了更深入了解那段歷史，這跟他紀錄片的拍攝內容並無直接關係，只因阿男向他提過她祖父也參與了那場抗議活動，他便對此事件心生興趣起來，且愈深入了解，愈覺得與日後的農民運動有著世代承接的意義，就像日治時代的二林蔗農事件之於後世那樣，一種犁族精神的傳續。

老人跟我講過那場蔗農抗爭事件，他自己就是在蔗田裡長大的，親身經歷過那段歲月。他說那是個不公平的時代，日本人吃甘蔗吃得滿嘴甜，台灣人種甘蔗種成苦瓜臉；殖民者主宰了一切，本地人凡事都差了好幾級，矮了一大截。他說他阿兄參加了當時的農民組合，就是想搞出個公平來，結果公平沒搞出來，最後還被搞死在恐怖時代。在我們朝北前行的那條長路上，他一路斷斷續續地說，說不公平的時代一直存在，只是換個時代繼續不公平。牛車輪滾呀滾，老人嘴說呀說，說到路都走完了，話還滾都滾不完。

阿安來客運站接阿男，他約她來台北看攝影展。阿安叫她搭高鐵的，但鄉下人節儉成性，一張高鐵單程票價，夠她搭客運一趟來回，還綽綽有餘，省時不如省錢，而且，坦白說，由於她祖父的緣故，她對這每天呼嘯來呼嘯去的玩意兒，心裡免不了有疙瘩。

「在上面搭車的人只看到快速、便利、進步，根本看不到底下犧牲掉了多少東西！……」阿男這句話，被阿安揀入紀錄片裡，原本只是閒談間的隨口抱怨，但他卻記住了；既然記住了，就該記錄下來，於是他用旁白的方式，跟著她說一遍：「他們知道嗎？那麼多的農地全都消失了，而且還會有更多更多的農地消失掉。」

阿男抵達台北時，附近小學正響起第四節課的鐘聲，車子停靠在客運站對面的國稅局旁，讓他們下車；客運站那一邊，一輛南下班車也同時進站，乘客一一上車就座。

客運站緊鄰捷運北門站，阿安在一號出口的廣場上，隔著馬路，向阿男招手，而她也揮手回應，等待綠燈亮起，過去與他會合。離她不遠處，有個妙齡女子，正在講手機，打扮極其惹眼，金髮濃妝，連身窄裙，五吋高跟鞋，女人味十足。這阿男辦不到，她習慣素顏（只搽乳液和護唇膏），偏好長褲，全是平底鞋，就像現在這樣。她有她自己的樣子。綠燈亮了，她拉一下馬尾，甩離那女人，朝阿安走去。

兩人一同下到捷運站，站內有清代遺跡展示區，阿男佇足片刻，仔細觀看一番，畢竟不常上台北，能看就盡量看。他們沒立刻搭捷運，而是走進地下街，想順便在這解決午餐，但阿男嫌太貴，又不肯讓阿安請客，只是一逕地走走看看，觀光客那樣的走法，從Y區走到Z區，看到台北城的歷史展覽，才停下腳步。

往來遊客盲於血拚，匆忙行經展示櫃，只有阿男盯著捷運工程挖出的城牆遺物，遙思這些石條和木樁曾支撐過一個時代，而那個時代成就了後來的時代。

「妳不餓嗎？」阿安問。「你餓了嗎？」阿男反問。「餓死了，尤其看到那個，」阿安指著展示櫃裡的巨牡蠣殼說：「我可以一口氣吃掉十個！」「我可以吃二十個！」阿男不甘示弱。「我不相信。」「我真的可以。」「好，走，比賽看誰吃比較多！」

兩人來到攝影展地點，已將近午後二時。攝影展以社會運動為主題，阿安的作品也在其中。阿安為阿男導覽說明：「只有一個展區，其實場地夠大，本來要分類展覽的，婦女運動一區，動保運動一區，同志運動一區，農民運動一區……但大家討論過後，覺得根本沒必要，幹麼分那麼清楚呢？分得太清楚，不是反倒變成隔閡了嗎？所以我們把所有作品混在一起展出，就是想要表達眾生皆平等的概念，不管什麼性別、性向、物種、職業、國族……所有的生命，全都是一樣的，沒有誰比較高尚，誰比較低下的歪理。」

阿男跟著阿安，走過一幅又一幅眾生相，受虐的女人，垂死的流浪犬，無助相擁的男男戀人，憤怒咆哮的農工群眾……

在上千張作品中，阿男找到了自己。相片上的她舉起左手，手裡緊抓著什麼，伸向一名西裝筆挺的官員，想把手中的東西遞給他。

「幫我們把這個交給總統。」照片裡的阿男說。「麻煩轉告總統，」照片外的阿男跟著說：「請他，不要忘記這個。」在犁族們殷殷注視下，那名官員伸出右手承接，與阿男的手輕輕相觸，一把土，便落入他掌心。

牛犁歌在她耳邊響起，那是犁族們的歌聲，從起義之日蕩漾至今：「頭戴斗笠喂，遮日頭啊喂，手牽著犁兄喂，行到水田頭，奈噯唷犁兄喂……」

阿安不攪擾阿男，讓她沉湎在那個夜晚裡。他慢慢移動到她身後，拿出照相機，取好角度，幫相片裡外兩個阿男，拍一張。

「一群人，田野裡有一群人，自新石器時代開始，彎腰俯首幾千年，栽出磁山文化的小米，植出河姆渡文化的水稻，從北方到南方，從大陸到小島，千千萬萬個田力，一代種過一代，種出遍地輝煌。」

阿安的紀錄片，以這段旁白開場，配上一張張老照片。從清末台北城的稻田出發，搭著糖廠的五分仔車南下，與一輛輛載運蔬果雜糧的貨車交錯而過，行經一戶戶曬場上鋪滿落花生的人家，細數一塊塊田裡長出來的農人們的盼望……

阿男的盼望，一季盼過一季，盼到夏日的小黃瓜已收尾，緊接又盼著入秋就要來種小番茄。阿男她父親則盼起了玉米田，他說稻子一年種一季就吃不完，另一季來種金蜜玉米好了，好久沒過餐餐有玉米啃的日子，怎麼也不承認自己改種旱作物是為了啥節水政策。

阿男除了田裡的活，最近還忙著助援鄰鎮的抗議行動，想幫他們一起把石化工廠趕離農人的地盤。這事阿男比誰都有經驗，兩年前那場起義可不是白搭的，大家有目共睹，她是如何帶領整個村，不，整個鎮，起身保衛自家的田業。

犁族起義落幕之後，阿男變得比以前更在乎生態議題，並開始關注各縣市的環境保護活動，比如近期鬧得沸沸揚揚的石虎保育問題，該連署的就簽名表態，能挺身的就到場支持。

一場犁族起義，讓阿男在地方上頗富聲名，有政黨看上她的魄力，商量著要提名她參選鎮代或縣議員，但她沒多做考慮就直接拒絕了，對此阿安問過她的意思，她話說得很白，也說得很黑：「我才不想搞政治搞髒自己的雙手哩，還是待在田裡摸摸泥土比較乾淨！」

阿男抓起一把土，手上一點髒都沒，乾乾淨淨，一輩子都這麼乾乾淨淨。她回想起兩年前，北上起義當天，臨行她特地到田裡，抓了把土，放進口袋裡，接地氣，也接膽氣，好好拚了一場。那把土，一直握在她手中，握到兩年後的現在，握得愈來愈緊，握出厚厚一層繭。

作田勞心勞力，不止一層厚厚的繭。父親起初並不希望阿男走這條路，早些年曾要她去學些手藝，她也照辦了，先到美髮店摸了三個月，摸不下去，改去餐廳內場搞了三個月，又搞不下去，最後讓人介紹到紡織廠試試，這回撐久一點，撐了快半年，還是撐不下去。

阿男那身力勁，哪是當織女的料呢，天生就是要來當牛郎耕田的，她有自知之明，而父親也只得順她的意。如今她證明了自己的本事。那塊八分地的溫室，可是她自個兒搞起來的，收成不輸村裡村外那些男人們，還拿過幾次市場的最高價哩！

一輛白色小客車自遠方駛來，停在阿男的溫室前，是阿安，載著同事阿德和阿仁。他們嘴巴說來鄉下踏踏青，其實是專程南下拍阿男，補紀錄片的最後一個鏡頭。

兩天前，阿男和父親迎回了祖父的骨灰。骨灰在塔裡放了十多年，心中的罣礙也懸了十多年。當初，早該按老人家的意思把事辦好，管它合不合傳統，不合又如何？自個兒的事，礙到誰了？說到底，是活人過不了心裡這關，所以事只做了一半，把骨灰燒成了，卻遲遲沒完成最後的動作。

阿男叫阿安載她回家一趟；她自己那台小貨車留在這，車上坐著兩個甕，安靜地等候她回來。她從家裡駛來鐵牛仔，犁一犁自己那塊剛收成的五分地。機械牛的鳴叫聲引來一大群鷺鷥。它在田裡犁過的每一處，土壤全翻了一層新，掏出滿地蠕蟲，鷺鷥群緊跟其後，痛快地飽食一頓。

阿安備好攝影機，另外兩人也抓著自己的機器，取三個視角拍，比較慎重，以防有什麼閃失。這一段預計放在片末，作為結尾。他們等著阿男動作，而阿男不知在等著什麼？等到鷺鷥一隻隻都飛走了，她才到小貨車上，捧下我和老人的骨灰甕。

先從我的開始。阿男打開甕蓋，抓出一把骨灰，撒落在田裡，讓我回歸久違的鄉土。我踩在熟悉的田土上，興奮地哞哞叫，好像又回到了從前的時光。阿男緊接著撒下老人的骨灰，讓他也返回這片土地上，真真切切地，安身立命下來。

老人顯現於田中，慈愛地看著自己的孫女，看她將他生前使用的那張犁立在田頭，滿臉的欣慰與歡喜。他轉頭望向我，朝我走來，拍拍我的背脊，親暱地說：

「好牪牪，乖牪牪，好久沒犁田了對否，來，咱再來繼續作伙犁！」

我哞哞應聲，他也哞哞回應，人牛同心一體。我在前面拉，他在後頭領，一人一牛一直犁。

阿男搭高鐵上台北，沿途走過大城、小鎮與荒村，人跡處處，良田畝畝，滿地春色。這是阿男初次搭高鐵。有些事她想通了，與其讓過去絆住，不如瀟灑一點，人生一場，該拿就拿，該放就放，拿得起也放得下；搭乘這一趟，也算是替祖父放下了。

阿安為紀錄片辦了個首映會。幾天前，阿安傳了訊息跟阿男說，他臨時把紀錄片的片名改掉了。「為什麼要改？」阿男問：「神農之子不好嗎？」「那個不夠力，我想到更好的。」「什麼？」「犁族大進擊！」阿男輕輕唸出這五個字，回說：「好像卡通喔。」「不好嗎？」「不會，很夠力。」「對吧，得夠力才行哪！」

首映會的場地不大，僅能容納五十個座位，區區五十個，還是沒坐滿，空了將近一半。「不意外，」阿男說：「一般人哪在乎農業啊！只會張嘴吃吃吃，吃完了拉，拉完了再吃，也不想想吃的東西怎麼來的？」「買來的，」阿安說：「他們會說有錢就是大爺，管你種得多辛苦，干他屁事！」

在首映會上，阿男跟幾個見證過犁族起義的友人重逢，大多是社運人士，其中有一個報社記者，兩年多來持續關注阿男，報導她的生活近況，登報的照片都是阿安提供的。

影片放映完之後，原本還有半小時的座談，但現場人數太少，索性一夥人圍聚閒聊。「我會幫《犁族大進擊！》好好寫一篇報導的。」記者說。阿安感激地連聲道謝。「麻煩妳了，我們沒什麼資源宣傳，能見度實在太低了。」「嗯，看得出來，真的，很低，」記者看了看會場說：「弱勢族群的議題，本來就很容易被忽視。」「弱勢？我們不弱啊，」阿男說：「我們有田又有力喔！」「哈，妳說得對，農人一點都不弱，農業是社會發展的基礎，農人弱了那還得了！」阿男聽到她這麼說，臉上綻放出燦爛的笑容，就像一朵黃豔陽。

「你們要算塔羅嗎？」阿仁的女友拿出塔羅牌來。「要算什麼？」阿安問。「算一下這部紀錄片會不會有好成績呀？」阿德說。「好喔，那我來問……還是算了，要是抽到不好的牌就糟了。阿男，妳有什麼想算的嗎？」「沒有，可以讓我看一下嗎？」阿男接過塔羅牌，仔細端詳各種牌色。

「這張牌放反了。」她拿起十二號牌說道。「沒有放反，它本來就這樣。這張是吊人。」「吊人？這是什麼意思？」「這張牌有犧牲的意思。」「犧牲……是不好的牌嗎？」「不是，沒有不好。這世上有許多這樣子的吊人哪，犧牲奉獻自己，換來一個更好的世界，有不好嗎？」阿男看著手中的吊人牌，默默地想起了自己的祖父。

「我也是吊人，」阿仁苦哈哈地說：「犧牲奉獻自己，每天接妳上下班！」「你不想吊也可以呀，很多人搶著吊！」女友說。阿仁兩手掐自己脖子，說我要繼續吊，吐舌翻白眼，惹得旁人都笑了。

一行人找個地方續攤，天南地北的聊，從塔羅聊到星座。阿男是金牛，阿安是天蠍。「他們兩個合嗎？」「這兩個星座是對宮，互相對立，老實說，不太合，但凡事都有例外啦，沒有什麼事是絕對的，而且從屬性來看，兩者有互補的效果，就看兩人怎麼合囉。」「幹麼湊合我們哪！」阿男叫道。「你們不想湊合嗎？」兩人默不吭聲。

阿男趕著搭車回家，明日還要去鄰鎮幫忙抗爭。她嘴裡忿忿地說這事若擺不平，那就再來搞一場起義好了。阿安自動起身，要送阿男去車站；他倆與眾人告辭，便先行離開了。一路上，兩人都沒說話，腦子裡全是湊合二字。來到車站，臨分別時，阿安才終於開口。

「我有事想跟妳說。」「什麼事？」「妳……」「嗯？」「妳上次說，妳不打算再嫁，是說真的嗎？」「嗯，對呀，是要嫁幾次啊?!我家只剩我爸一個人，我還是留下來陪他好了。」「喔，這樣啊……」「怎麼了？」「沒事。」阿男盯著阿安，不知為什麼，忽想起他唸誦古詩的那個模樣。「河漢清且淺，相去復幾許？……」於是她啟口，說：「不嫁歸不嫁，但如果有人願意入贅，那我就……」「啊？……真的嗎？」兩人目光交接，深深地凝視，直入心坎，沒再多說什麼，卻什麼都說盡了。

阿安送別阿男後，回到自己的住處。這幾天他正在打包行李，準備下禮拜要去歐洲參加紀錄片展，同時把屋內好好整理整理，考慮著租了三年多的房子也該退了，他有更想安身立命的地方。

阿安把一些瑣事處理好，在關掉筆電就寢前，又把《犁族大進擊！》放出來看，直接快轉到犁族起義的段落，回到他初識阿男的那時候。

一群牛，地面上有一群牛，團結集聚在東門前。東門前的大道上，一片人山人海。犁族們慷慨激昂，在城裡打拚的農家子弟們也前來聲援助陣，各家媒體的採訪車與轉播車候在一旁，四周部署了警力戒備現場的一舉一動。

天色已暗，但光與熱不滅，烈日持續在體內沸騰。起義從白天的遊行開始，由幾台鐵牛仔開路，後面跟著載滿農作物的一輛輛小貨車，壓軸的是一長列徒步行走的隊伍，有人高舉布條，有人身上掛著看板，一塊塊布條和看板，寫滿了不公不義。

遊行隊伍從東門出發，走往南門和小南門，行經西門舊址，走過北門，最後又回到東門，繞行清代台北城的界域一圈，人人手抓玉米、水稻、白菜，如同手執長槍、利劍、盾牌，來爭個天理，討個公道，搏個正義。一圈繞完不夠，就再繞一圈，還是繞不夠，那就繼續繞，一圈繞過一圈，繞到夜晚降臨為止。

「反對徵收農地！（反對徵收農地！）反對強制開發！（反對強制開發！）」阿男站在小貨車上，抓著擴音器，每吶喊一句，犁族們就跟著重複一句。「叫總統出來！叫他給我們一個交代！」一旁的警察約莫是連日加班過勞昏頭不耐煩了，一臉屎面地臭罵：「這些種田的還要鬧多久？裡面連一個生囊巴的也沒有嗎？怎麼讓一個女人帶頭來作亂！」犁族當中有人聽到了，與那名警員起了口角。「女人又怎樣?!你還不是從女人跨下爬出來的！」兩方從一對一，吵成一對多，鬧成多對多，一片鬧哄哄，一派生機蓬勃的氣象！

一隻鳥，不，是一把白菜，飛了起來，其他東西也跟著飛起來，一根根蘿蔔，一粒粒馬鈴薯，一顆顆高麗菜，還有小黃瓜、洋蔥、花椰菜……應有盡有，滿天滿地的大豐收。

「你們誰要吃，自己來撿！」阿男透過擴音器向圍觀的市民呼喊：「快來！全、部、免、費！」千載難逢的時刻，撿這一場可省去好幾天的菜錢。他們興高采烈地加入犁族的行列，撿便宜撿得不亦樂乎，情緒比物價還高漲，比房市股市還熱烈，比資本主義的博弈遊戲還亢奮。

一隻手扔出一顆什麼，另一隻手撿起一把什麼，扔來扔去，撿來撿去。警方怕情況控制不住，從各分局調來更多人力，想把情勢壓下來。他們把矛頭對準阿男，欲先逮住這帶頭的人，犁族們見狀立刻圍住阿男的小貨車，圍成一圈又一圈，不給警方任何機會靠近她。

阿男取來一把刀，不是用來砍殺的，而是當場削掉自己的長髮，然後抓起大聲公喊道：「看恁祖嬤沒是不是啊！查某是又怎樣！」阿男國台語雙聲齊下：「我是女人，但我不只是個女人，我也可以是個男人！管我查埔還是查某，人不就是人嗎?!」阿男吐出一聲幹，犁族們也跟著幹了一聲，幹聲響徹雲霄，她又接著說：「世間充滿了歧視和輕視，狗眼看人低，看高不看低，只看得起有錢有勢的上流，看不起下層的勞動階級！兩手欺負，雙腳欺壓，像踩死捏死螞蟻一樣，不講道理不留情……」阿男看看天，又看看地，天地無聲，只好自己出聲，她跟犁族們繼續怒吼起來：「把我們的農地還來！（把我們的農地還來！）還、我、良、田！（還、我、良、田！）……」

阿男的聲音停了下來，兩眼瞪著總統府的方向，彷彿看見了神蹟。犁族們順著她的視線望去，沒看見耶和華示現，也沒看見佛祖顯靈，只看見三輛黑色公務車朝東門駛來。

車子在犁族的陣營前停下，九扇車門同時打開，車內走出幾個隨扈，擺好護衛的架勢，最後才見一名大官下車。人群自動開出一條路，讓他們能順利走過去與阿男碰頭。現場所有人都屏息以待，等著看事情會怎麼發展？

阿男從小貨車上跳下來，和那名大官開始談論些什麼？犁族們聽不清楚，只能從兩人的互動猜測一二。阿男忽然笑了，他們就覺得事情大概好辦了；阿男忽然又不笑了，他們就覺得事情這下糟糕了，猜來猜去，還沒來得及猜出什麼，談話便結束了，前後不過兩、三分鐘的時間，比拉坨屎還快！

大官爬上小貨車，拿起擴音器說：「總統說他聽到你們的意見了，他會想辦法處理，我們不會虧待農民的，農田是國家的基業，理當要好好維護，你們放心，交給我們，請早點散會吧。」犁族們一聽，有的開心地笑了，有的滿臉狐疑，喊著要總統本人親自來掛保證。

阿男也爬上小貨車，從口袋裡掏出什麼，遞給那名大官。犁族們眼睜睜，看著一把土，從她的手中，落入他的手裡，僅僅只是一剎那，就立刻撒了滿地。「髒死了！」他大叫，一臉的嫌惡，像被人玷汙似的，趕緊將右手掌抹乾淨；左手抓著的大聲公忘了關，真心實意的三個字，靠前的人全聽清楚了，後方沒聽清楚的也聽得出那不是好話。他即刻察覺不妙，臉上現出困窘的表情，草草了結，急忙找台階下，一個失足，差點跌個狗吃屎，匆匆領著隨扈上公務車，頭也不回地走人了。

犁族們呆若木雞，心想自己到底看到了什麼？一個個都眼神死，心意冷，疑惑這一仗究竟打成什麼樣了？是輸還是贏，該笑還是該哭？「咱贏了，是吧？他剛說的是真的，對嗎？」「是真的，他說髒死了！」「他說總統會處理好，不會虧待咱……」「那只是在唬弄哪！憨大呆，他隨便講講，你就真的信，難怪被吃得死死的！」「他說那些話只是想把咱哄回去！」「對，那個騙子，竟敢要這齣！」「一張空頭支票就想打發，根本就看咱不起！」「哪看得起呢？都說髒死了，誰看得起！」「還要鬥下去嗎？咱鬥得贏那些無賴嗎？」「人家有權有勢，是要怎麼鬥？」「咱輸了，輸得一塌糊塗啊……」喪氣聲此起彼落。犁族們全哭喪著臉。

「咱沒輸，」阿男透過擴音器喊話：「咱贏了，從一開始就贏了。」犁族們睜大眼睛，注視著阿男。「他們所有人都要靠我們養。一天三頓，外加消夜、午茶和點心，一年吃掉一千多餐，每一頓，每一餐，都要靠我們種出來！他們不能沒有我們！只要咱一直種下去，就能一直贏下去！」犁族們聽了阿男的話，一個個都笑了起來。「對，沒錯，還不是要靠咱！」「就是說！不靠咱，要靠誰?!」

「來吧，給自己打打氣，日子還很長，還要一直贏下去呢！」阿男喊道。「要怎麼打氣？歡呼嗎？」有人問道。「來唱歌吧，」阿男說：「哭的時候唱，笑的時候當然更要唱。」「唱什麼好呢？」「唱咱種田人的歌。來，我起個頭，你們跟著一起唱。」

阿男清清嗓子，唱道：「頭戴斗笠喂，遮日頭啊喂……」犁族們眾聲齊唱：「頭戴斗笠喂，遮日頭啊喂，手牽著犁兄喂，行到水田頭，奈噯唷犁兄喂，日曬汗愈流，大家合力啊，來打拚噯唷喂……」

全世界都豎起耳朵，聽著犁族的歌聲，唱過四季流轉，唱過物換星移，一聲接一聲，一生又一生。「手扶牛耙喂，來鋤田啊喂，我勸著犁兄喂，毋通叫艱苦，奈噯唷犁兄喂，為著顧三餐，大家合力啊，來打拚噯唷喂……」

善的故事

一隻羊，牌面上是一隻羊，兩眼直勾勾瞪著你。

背景是黑色的底，喔不，看不到底，如同人心，深不可測。前方站立一男一女，被鎖鏈困縛住，成為牠掌控的囚奴。別怕，怕也沒有用，牠其實不在牌面上，而是在你的心底，在你意識的幽邃處，那根深柢固，無窮無盡的，慾望。

「可以講白一點嗎？」「這樣還不夠白嗎？」「不夠，再白一點。」「到底要多白？」「愈白愈好。」「這是一張黑暗的牌，看不出來嗎，還能白到哪去啊?!」「我要重抽一張。」「你已經抽多少次啦？抽來抽去老抽到這一張。」「不管，我要再抽一次。」「別耍賴，黑就黑，白也白不了。」「你以為我想這麼黑嗎？我也想白一點哪！」「你就只配這般黑，像你這種人還能多白啊?!」「你……哼，我真是花錢給自己找氣受。」

我將牌卡收攏，小心翼翼放回盒中，再用黑色絨布袋封束起來。眼前的老頭怒氣沖沖，留著山羊鬍的臉上滿是皺紋，愈怒，愈皺，原本就不太好看的臉色給擠壓得更難看了。真是的，活到一大把年紀，還像個屁孩一樣愛任性胡鬧，一副誰都得聽他命令不可的態勢，八成是在政治圈打滾多年養成的壞習慣。

「他媽的，我在江湖上呼風喚雨大半輩子，要什麼就得什麼，沒啥事是我辦不到的。哈，眾人見到我，個個像狗一樣狂搖尾巴，巴結、討好個不停，黑白兩道都要敬我三分哪，我就不相信幾張輕飄飄的紙牌比我有分量，哼，竟敢一再忤逆我的意思！」

「你這話嚇唬人還行得通，塔羅牌可不來這一套。」我不理他在那耍番癲，當著他的面把塔羅牌放進提袋內，完完全全地忤逆他的意思。

老頭是個大名人，幹過政治，操過經濟，就是不搞文化，人人喊他阿義伯。我天生沒大沒小，把稱謂去掉，直接叫他阿義。阿義對錢不對人，對人不對事，對事不講公義，對人少講道義，只對錢講情義。

一個阿義值好幾十個億，住的是棟億萬豪廈，高級得要死，昂貴得要命，我死命賺幾輩子都買不起，更別提屋裡那一大堆珍貴器物和骨董收藏，教人羨妒得想直接跳下樓重新投胎算了；只是天曉得有沒有下輩子，如果沒有可就虧大了；就算真的有也無法保證鐵定能降生富貴人家，要是陰德積不夠，轉世成阿貓阿狗，那就糗大了。

阿義一個人鰥居，只有一隻狗作伴，日常諸事另有幫傭照料。他一輩子跟無數個女人牽扯過，但就只娶過那麼一個，撐不過十年就嗝屁了，此後再也沒給誰名分，這絕不能說是專情，只能說是不想自找麻煩罷了。

「還是養狗好，狗多聽話呀，比人好太多了，聽人哭餓不如聽狗吠。」他抱著愛犬妞妞，一邊撫摸牠，一邊說道；兩眼色瞇瞇的，好像那狗是他的情婦一樣。

「你現在寫多少啦？有三分之一了嗎？」「你那些鬼打牆的話能湊到三分之一嗎？」「我明明講了很多了呀！」「講來講去老是誇自己多有錢多有人脈多有權勢多了不起。」「人生不就這些豐功偉績最值得寫嗎？」「傳記不講困苦的童年、生命的低潮、事業的挫折，誰要看哪?!」「提這些豈不是滅自己威風嗎？」「讀者就是想知道你怎麼從低處往上爬，否則何必把時間瞎耗在你身上！」「我實在不想洩自己過去的底。」「真難搞，那你自己寫吧！」「脾氣那麼大幹麻，到底誰雇誰呀？不寫就給我走人，我另外找人寫。」

「好啊，我走人。」才怪。這話我說不出口，腦袋想瀟灑地一走了之，雙腳卻孬得動都不敢動，身上背負每個月的債務開支，壓得我沒種說走就走。幹，被錢字扯後腿，不管再怎麼嘴硬，也不得不嘴軟。「我也是為了你好，自吹自擂只會被人當垃圾看，而且行行好，放過那些樹木吧，砍下來印成一堆爛書，你想讓樹靈不得超生嗎?!」

「人超不超生我都不管了，還管樹超不超生哪，老子我想砍多少就砍多少，就連國家公園的樹林我也照砍不誤，神經病，種那麼多樹幹麼，土地不蓋房子炒地皮，竟然放著生雜草長木頭，真是一群腦死的蠢蛋！」

「對對對，所有人都是蠢蛋，只有你最聰明。」我順手滑起手機，上網搜這臭老頭的底，一搜再搜，不管搜幾次都不厭倦。他幹過的聰明事數不勝數，天底下沒幾個人聰明得過他，每自作聰明一次，就被記上一大筆，根本不必費心出一本傳記，所有報導已經足夠湊成好幾本！

「可以開始了嗎？」我把手機擺到他面前，準備錄音：「就從你的童年開始講起，別想逃避，幾乎每一本傳記都是從童年開始寫起，沒有人一開始就是個八十歲的臭老頭，就算你想假裝自己一開始就是個臭老頭，讀者也不會真的以為你一開始就是個臭老頭。」

「去你的，你這兔崽子，少在那臭老頭臭老頭的叫，我拉過的屎比你吃過的飯還多哩！」「臭老頭就臭老頭，你吃過的屎也比我拉過的……」此話一出又要吵沒完，我趕緊把屎話吞回去，吐出一句人話來：「好啦，別生氣了，高血壓都快犯了。來，喝口茶，把氣緩一緩，靜下心來，開始說吧，把你的人生從頭到尾，慢慢拉出來。」

人生就像抽塔羅牌，你永遠不曉得會抽到哪一張？這話是不是很老套，好像在什麼地方看過聽過讀過？公式型的句子嘛，套上什麼都可以，例如轉扭蛋、釣魚、搭便車、買春……

來，你也造個句子看看：「人生就像……，你永遠不曉得會……」有意思嗎？再造一個吧：「人生就像……，你永遠不曉得會……」講得出新意嗎？儘管怎麼講都是同一個意思。沒關係，陳腔濫調講講也好，嘴裡還有口氣就得講些什麼，所以我再講一次：人生就像抽塔羅牌，你永遠不曉得會抽到哪一張？

阿義例外，他老是抽到十五號牌，每抽必中，像卡到陰一樣，甩都甩不掉，彷彿生來就是為了抽這張牌。

「你手氣真好，應該去買樂透才對。」「我還需要買樂透嗎？」他一臉不屑地說：「那是給你們這種一輩子翻不了身的窮鬼買的。我隨便一撈就是幾千萬的油水哪，何必跟你們瞎攪和，玩那種苦哈哈的白日夢遊戲。」他冷笑一聲，又接著說：「花小錢，買大夢，買來買去一場空。你趕緊去買吧，看能買到什麼？」

「好啊，我去買。」才怪。我一次都沒買過，捨不得白花那五十一百，這點錢足夠我多止半天飢，何苦傻傻拿鈔票換張廢紙回來望梅止渴？我承認我是魯蛇，一事無成，只會說大話，每天空想些有的沒的，但我再怎麼沒用，也不至於沒用到這種地步，明明口袋空空，肚腹空空，腦袋還跟著空空起來。

「腦袋放聰明點，否則準備窮一輩子吧你！」阿義擺出老江湖姿態說道。的確如此，我想，我就是他媽腦袋放不夠聰明，才會笨到跑來幹這份鳥工作。

工作是從上上個月開始的，先前我已失業大半年，口袋空空，肚腹空空，連腦袋都快空空，上人力銀行狂投履歷，結果根本沒半個回覆，只有房仲公司來留言徵才。賣房子？買不起房子還跑去賣房子？賣心酸的嗎？我灰心透頂，考慮要不乾脆去賣鴨蛋算了，鴨蛋生意剛想到一半，就滑到一則徵求傳記寫手的訊息，什麼條件都不拘，只要求附上幾篇作品。我本身就是讀文的，也寫過一些東西，心想寫本傳記跟吃塊蛋糕沒兩樣，賣鴨蛋可以先緩一緩，立馬投了履歷過去。

老實說，我不覺得自己有機會被選上，但又覺得這世上沒什麼是不可能的，嗯，好吧，除了中樂透以外，反正我從沒奢望這個，只想要一份能養活自己的工作罷了。

失業期間，我幾乎天天窩地下街，在邊陲占個小角落，席地擺攤算塔羅。運氣夠好的話，一天還有幾百塊收入，但更多時候都是掛零。別的塔羅師一個問題收好幾百塊，我則是好幾個問題只收一百，還常遇到對答案不滿意黑我一臉噓我一聲要賴不給錢的。真是惡棍！這種惡棍多得是，說不定在別人眼中我也是惡棍。每個人都覺得自己是好人，自己最正常，但其實每個人都是壞胚，都是瘋子，各有各的壞法，各有各的瘋樣。你可以說我偏激，我不否認，但我真的比較相信荀子那套：「人之性惡，其善者偽也。」孟子麻煩給我閃遠一點，嗯，好吧，已經夠遠了，都兩千多年前了。

兩千多年前還沒有塔羅牌，所以荀子永遠算不了，除非有下輩子；不過就算真有下輩子，荀子也不是荀子了；算了，管他有沒有下輩子，荀子還是不是荀子，至少他還能在我的想像裡算張牌。我想像，恣意地想像，荀子抽中十五號牌。他老兄會是什麼反應？大聲歡呼，還是滿臉驚懼？

阿義從來都是滿臉驚懼。「他媽的，這張牌怎麼老是陰魂不散哪！」「問你自己呀，陰魂不散的不是這張牌，而是你自己！」「死小子，你在說什麼鬼話？」「沒錯，就是鬼。鬼不在牌上，而是在你心裡。」我直瞪著他說：「你心裡有鬼……」

阿義心裡的鬼大概不只一、兩隻，八十年漫漫長路不知招惹了多少，如今鬧得他夜半憂惴難安。

「怎麼睡都睡不好，想睡也睡不著，老聽見有人說話的聲音。」「八成是冤親債主來追討了。」「要討就來討，反正我活夠本了。你少仗著自己年輕，等你活到這把年紀就知道。嗯，還是算了，看你一臉的短命相。」「都活到這把年紀了，還是積點口德吧！」「老子啥都不積，就只積鈔票。」「鈔票死不帶去，不如捐了吧，換些陰德來，黃泉路才好走。」「我呸，要走你先走。」「死到臨頭還嘴硬！」「你！」「實話實說。」「死王八龜兒子狗娘養的。」「罵，儘管罵，口業自己擔。」「哼！」

我知道對長輩不能這麼沒大沒小，就算他再怎麼值得沒大沒小，也不該理所當然地對他沒大沒小，但腦袋明明想著絕對不要沒大沒小，嘴巴說出來的又是沒大沒小，索性就徹頭徹尾一直沒大沒小。

「你知道我為什麼錄取你嗎？」開工頭一日，阿義啟口便問：「一百多位應徵者之中，不乏國立大學高材生，腦袋比你厲害的多得是，我憑什麼選擇你這個三流大學畢業的？」按常理，此時應當列舉自己的優點，用力打腫臉充胖子才對，但從我嘴裡吐出來的卻是：「我哪知道你為什麼要錄取我，我又不是你肚子裡的蛔蟲。」

「這就對了。」「什麼對了？」「你是唯一敢這樣跟我講話的。」我回想自己面試時說了什麼？但我這人說話常常像放屁一樣，放完馬上忘得一乾二淨，除非放得特別臭或特別響。

「還有，你寫的東西很合我意，尤其是人畜通婚那篇，完全寫出我的心聲。」「謝謝，那篇我投去報社，立刻就被退稿。」「是嗎？真沒眼光，不過很正常，有些人就是走得太前面，要慢慢等這個世界跟上來。」我想他是在誇獎我，但我不確定自己究竟是走得太前面，抑或根本就落得太後面，坦白說，我常常都不曉得該往哪個方向走才對？

這時候只好來抽個牌。打從大學時代參加塔羅社開始，我就時常藉這七十八張牌卡，為自己指點迷津。大阿爾克納牌二十二張，從零號愚人牌，到二十一號世界牌；小阿爾克納牌五十六張，土、風、水、火四元素，錢幣、寶劍、聖杯、權杖各十四張，分別代表物質、思想、情感和行動，十張數字牌加四張人物牌，張張皆意有所指。

來，向塔羅提問，伸出非慣用手，抽張牌，占個卜。

牌卡顯示象徵圖樣，牌師負責詮釋意涵，但關鍵還是在問卜者本身，畢竟解得開牌義，解不開執妄，願否接受牌卡訊息，想要踏出哪一步，端賴個人意志。

「你的慾念太重，放下吧！」我拿起十五號牌，把牌面朝向老頭。他睨我一眼，用力啐出一句：「休想！」

「魔鬼不斷在我身邊騷動，
像摸不著的空氣，於四周飄蕩；
我將他吞下，胸膛內陣陣灼痛，
盈滿永恆的罪惡的慾望。」

聽過這個嗎？我想應該沒有，這又不是歌詞，這是波特萊爾的詩句，收錄於詩集《惡之華》。聽過這本《惡之華》嗎？我想應該有吧，這又不是什麼泛泛之作，這可是經典中的經典哩。

波特萊爾距今不過一百多年，他老兄興許算過塔羅也說不定，但不確定是否曾抽中過十五號牌；都寫得出《惡之華》了，沒道理抽不到這張牌吧，只有鬼才曉得，到底抽不抽得到呢？我開始想像，恣意地想像……

我必須靠想像才能度過每一天，就算現實把我局限在窄小的框架裡：五坪大的租屋，家具物件占掉兩坪，苦悶煩憂盤據兩坪，我和女友蜷縮餘剩的一坪；但想像讓我活得不止這五坪，隨心所欲地把現實疆界一道道拆下，再用自己的形式一道道築起，就算被批不切實際又如何，現實人生得不到的自由，且還能往想像裡尋。

「別再作白日夢了，也該繼續找工作了吧！」女友潑桶冷水過來：「否則等這case結束不是又要失業了?!」她把從超商拾回來的便當熱好，放到矮桌上。「還是你要不要來我們店裡試試，大夜班在徵人，現在這一個快離職了。」「妳要我去做超商？」「你這口氣什麼意思？看不起嗎？」「我不是這個意思。」「不然是什麼意思？」「錢少事多瞎窮忙的意思。」「至少不會餓肚子，喏，吃吧，這夠意思吧！」「這便當過期了嗎？」「才過期一天，吃不死啦。」

我每周去聽阿義講那些有的沒的三次，原本每個星期兩次，再來可能就會改成四次，因為他那些有的沒的實在太多，像裹腳布一樣扯都扯沒完。我走出五坪包水不包電月租四千五百塊的房間，一步一階邊數邊踏下六層樓老公寓，步行三分鐘到公車站等他媽不知幾分鐘的公車。我本來都是自己騎車，但不久前車壞了又沒錢買新的，只好步行三分鐘到公車站等他媽不知幾分鐘的公車，要是我有錢買車就不必步行三分鐘到公車站等他媽不知幾分鐘的公車，但我沒錢買就只得步行三分鐘……算了，我接著乘十多分鐘公車抵捷運站，等四、五分鐘的捷運，再搭十來分鐘至目的地，出了捷運站徒步不知幾分鐘，最後走進一坪百來萬起跳，幾輩子都住不起的三十層樓豪廈，搭電梯上十八樓，聽阿義講那些有的沒的。每個禮拜有的沒的三次，再來可能就會改成有的沒的四次、五次、六次，因為他那些有的沒的實在太多，像裹腳布一樣扯都扯沒完。

「今天打算講什麼？」「你先看看這個，我買了好東西。」「什麼好東西？」「補品。」「什麼補品？」阿義將盒子打開來，裡面裝著幾片碎裂零散的龜甲。「你……這分明就是甲骨啊。」「嘿嘿，好東西是不是！」「你剛說補品是什麼意思？你難不成要吃了它?!」「廢話，不吃我幹麼買？」「這上面刻著古老文字，你捨得吃下去？」「管它刻著什麼，買來就是為了吃補養生，否則砸這幾千萬幹啥？」「你腦殘怎麼不先補一補，竟不知甲骨文多偉大！你看，這個字是哭，這個字是家，還有……」「你怎麼看得懂？」「我大學修過文字學的課，勉強還能認出幾個字。」他仔細端詳龜甲，大叫一聲：「哈，我知道了，這個字是羊。」「不，這個字是善。」「善？看起來明明就像隻羊。」「善字就是由羊字演變而來的呀。」

阿義將甲骨端進廚房，不一會兒又端了出來。「這東西怎麼煮？」「沒人在煮這東西。」「我就偏要煮！」「要煮就自己煮唄。」「那這東西怎麼煮啊？」「就說沒人在煮這東西。」「但我就偏要煮！」「要煮就自己煮哪。」「到底這東西怎麼煮啊？」「夠了！你就直接吃吧！」他把甲骨拿起來嗅一嗅，舔一舔，用力地啃起來，就像隻狗一樣。妞妞看見有東西吃，在一旁哀哀哼叫哭餓。阿義丟一塊給牠，人狗倆一起啃，啃得面目猙獰，簡直分不出哪個是人，哪個是狗?!

「好吃嗎？」「不好吃也得吃，這可是千年補品哪！」「虧你真吃得下去。」「為啥吃不下去？為了延年益壽，老子啥都敢吃，連人肉都照吞不誤！」「蛤蟆呢？」「敢。」「蜈蚣呢？」「敢。」「狗屎呢？」「敢。」「啊？」「我呸，還以為你說狗肉哩。」妞妞警覺地瞪了老頭一眼。「我什麼都敢吃，什麼都吃過，除了狗屎以外，」他開始倚老賣老起來：「你吃過殖民者的拳頭嗎？吃過獨裁者的棍棒嗎？哼，我都吃過，那滋味可真夠嗆的。算你走運，生在這太平時代！」

「這是太平時代嗎？」「難道不是嗎？」「難道是嗎？」「你少來，不知好歹！」「走在路上會被砍，搭個捷運會被殺，這算什麼鬼太平?!」「難不成你想活在隨時有人衝進你家翻箱倒櫃把你強押入獄送你兩槍從此人間蒸發的時代嗎？」阿義口水噴滿地，噴得滿臉傲蔑，好像他多拉了幾年屎，屁就能放得特別大聲一樣。我很想開口屁回去，屁得比他更大聲，但也要屁得有本事，幹，少拉幾年屁不過，只能把屁話打住。

「你支持死刑嗎？」「拜託別再把話題扯遠啦！」「那你要我說什麼？」「說說你縣長任內的偉大政蹟。」「你是指哪樁？」「強制徵收農地那樁。」「有這件事嗎？」「沒這件事嗎？」「唉，年紀大了，記性愈來愈差了。」「你少來這套！」「我只是公事公辦。」「辦成這樣真難看。」「管它難不難看，老子有權說了算，哼，一群土包子，守著那麼多農地幹麼？還不如搞住宅大樓、購物商場、科學工業園區來得有錢途。」「你可真會搞，連人命都搞出來了！」阿義噤聲不語，像被掐住喉頭似的。「怎麼？被鬼掐住了？說真的，你這屋子陰氣森森的。」「你少嚇唬我！」「反正你又不怕冤親債主追討。」「我沒什麼好怕的。」「不怕下地獄？」「不怕。」「不怕下輩子變畜生？」「不怕。」「也對，你都當了一輩子的畜生了，哪還會怕下輩子再當畜生呢！」

喬治．歐威爾，這名字不陌生吧?!不知道的人罰寫一百次，或跑到街上大喊一聲也可以。「喬治．歐威爾！」他老兄算過塔羅嗎？在那個兩手緊抓槍砲的年代，有無閒工夫鬆手來抽張牌？到底有沒有抽過呢？我開始想像，恣意地……算了，先別管這個了。

看過喬治．歐威爾的《動物農莊》嗎？不可能沒看過吧，這又不是什麼泛泛之作，這可是經典中的經典哩。我一直牢牢記著這故事的結尾：「窗外的動物們從豬看到人，又從人看到豬，再從豬看到人；但已經分不出哪個是人，哪個是豬了。」

你分得出哪個是人，哪個是豬嗎？坦白說，我分不出來，尤其轉到新聞頻道的時候，跟轉到動物頻道根本沒什麼兩樣。

阿義也分不出來。他手握遙控器，從動物頻道轉到新聞頻道，又從新聞頻道轉到動物頻道，再從動物頻道轉到新聞頻道；但已經分不出哪個是新聞頻道，哪個是動物頻道了。

「他媽的鬼打牆，」他怒道：「轉來轉去老是同樣的東西！」隨即關掉電視，把遙控器扔到一旁。

「你也太久沒上新聞了，」我說：「大家都快把你忘得一乾二淨了。」

「把我忘得一乾二淨？開什麼玩笑！也不想想老子是誰！八年縣議員，十二年立法委員，八年縣長……哼，忘得一乾二淨?!」阿義唾沫噴滿地，噴得滿臉傲氣，但旋即臉色一沉，氣焰也萎了下去，整個人落入疑惘裡，活像隻遭遺棄的老狗，直到妞妞吠了一聲，才將他拉回神來。

「該不會，真的把老子給忘了吧?!」他無法置信地呆瞪著我，彷彿他本該是宇宙的中心，世人的焦點，唯一的主角……

「上台總有下台的時候。」我安慰他說。他面目猛然一變，怒聲大斥：「去你的下台！」他一直他媽的個不停，詞窮似只能反覆他媽的，一而再他媽的到最後，終於不再他媽的了。「好，老子就來競選下一任總統，砸多少錢都沒問題，給他大搞特搞一場，搞得那些死老百姓就算翹辮子喝了孟婆湯下輩子也忘不掉老子是誰！」

「別鬧了，放過我們吧，不要再危害人間，趕快去墳裡乖乖躺好！」這種話我才沒說哩。我就算再怎麼沒大沒小，也不至於沒大沒小到這種地步。我真正說出口的其實是：「你真的是腦袋有洞，腦殘無誤，肯砸大錢搞什麼屁選舉，卻不願捐點小錢救助弱勢！」

「你管得著！錢是老子的，想怎麼搞就怎麼搞，全扔糞坑也是老子自己爽！」「扔？不用多此一舉了，你本身就是一個又髒又噁的臭糞坑！」這種話我才沒說哩。你以為我又會這樣說嗎？我真的說了這種話，很沒大沒小，卻是實話實說。阿義聽了竟沒動怒，一副理所當然的模樣。「糞坑就糞坑，糞坑裝黃金哪，想賺大錢就得當糞坑！」

「『想賺大錢就得當糞坑！』這句話聽起來似乎挺不賴的，應該在你的傳記裡添上這一筆，將來就放大字體擺在書腰，不，乾脆當成書的副標題好了，那些肖想當糞坑的人肯定會很樂意拿起來翻一翻，說不定立馬就掏錢買一本回去哩！」「你少廢話，好好地把老子的傳記寫好，到時候配合選舉造勢來炒一炒。」「怎麼個炒法？」「撒錢買榜單，買個暢銷書排行榜第一，非第一不可，老子只想當第一。」

「第一，你真的是第一，瞎扯蛋第一。你到底有沒有坦白照實講啊？老愛加油添醋扯些有的沒的，這本傳記都快被你扯成小說了！」「管它傳記還是小說，反正都差不多。」「若是要寫小說，我根本不用聽你鬼扯那麼多，我自己就會寫！」「你會寫小說？」「對啊。」「真的？」「不然我現在在幹麻？」

定格，像是誤觸咒語般，我們瞬間定止不動，彷彿給封存於故事裡，在頁與頁之間，被翻過來，再翻過去，必須隨著某人的讀閱，才能逐字逐句活動起來。我們靜默無言，四目相對，從對方左眼看到虛構，從右眼看到真實，真實倒映出虛構，虛構又投射成真實，一層一層堆疊上去，堆疊成一個完整的人生。

「你幹麼不動？」「那你幹麼不動？」「我看你不動，我才不動。」「我也是看你不動，我才不動啊。」「所以要動嗎？」「你說呢？」「不動白不動。」「好，動。」

「你說你在寫小說？」「對啊。」「寫什麼故事？」「寫一個德高望重的作家，公器私用，欺壓後進的故事。」阿義眉頭緊蹙，像是覺得哪裡不對勁？「這合理嗎？」「哪不合理？」「都已經德高望重了，不是應該提攜後輩才對，怎麼還會欺壓呢？」「就是有這種人，真的，相信我，我只寫真實。」「我還是覺得不太合理。」「總歸一句話：權力、地位使人狂傲、自大，自以為是，自以為正義，自以為自己信仰的才是真理，別人信仰的都是狗屁！」「你是在諷刺我嗎？」「我沒有。」「你明明就有。」「好吧。」「好吧是什麼意思？」「就是這個意思。」

我從提袋內拿出塔羅牌。「想再抽張牌看看嗎？」我問老頭，他一臉沒趣地說：「不抽了，你這副牌有鬼，怎麼抽老是同一張！」我將牌卡秀給他看，以示清白；七十八張牌面，張張花色各異。「瞧，我可沒黑你喲！」「黑了那麼久還說沒黑！」「怎麼？難不成你怕了？」「笑話，世上豈有老子怕的東西！來，抽就抽！」

我隨意地把牌洗一洗，才要罷手，老傢伙就急忙說：「你再洗久一點，不要隨便亂洗，黑了我這麼久，這次可要把我洗白了！」好，我洗，再洗，洗了又洗，洗了這輩子最久的牌，洗到這輩子都不想再洗了，最後如釋重負地把整疊牌擺定，讓老頭切牌，接著我手心一抹，將牌卡如虹橋般展列開來。

「向塔羅提問吧。」我說。「塔羅啊塔羅，」阿義一臉莫名虔誠，帶著些無恥：「我，算得上是個好人嗎？」「靠，問這種白痴問題，根本是白問，我直接告訴你答案好了。」「你給我住嘴！」

他伸出非慣用手，在牌面上游移，才要往下探，又突然收手，狡猾地嘿嘿笑。「你以為我要抽這張？我偏不！」他的左手游來移去，移去游來，吊足了胃口，終於在一個呼吸間，倏然抽起牌，攤開，伴隨一聲哀叫，對，沒錯，跟你想的一樣，還是十五號牌。「恭喜呀。」我說。他惡狠狠回了句：「去你的！」

紀伯倫，這名字不陌生吧?!不知道的人罰寫一百次，或跑到街上大喊一聲也可以。「紀伯倫！」他老兄有沒有算過塔羅呢？你以為我又要問這個嗎？算了吧，問了也是白問，鬼才知道答案，終究只能靠想像，光想像其實就夠了，所以還是別管這個了。

看過紀伯倫的《先知》嗎？不可能沒看過吧，這又不是什麼泛泛之作，這可是……什麼？來，你說：「ㄐㄉㄓㄉㄐㄉ」對，沒錯，經典中的經典。我一直牢牢記著這本書裡的一段話：「你無法將正義與不義，良善與邪惡區分開來，因為它們一同並立於太陽下，就像黑線與白線交纏在一起。」

你分得出正義與不義，良善與邪惡嗎？坦白說，我分不出來，尤其轉到新聞頻道的時候，黑線與白線交纏在一起的模樣，跟動物頻道裡的有什麼兩樣？

我女友也分不出來。她手拿紙杯，盛住咖啡機送出的液體，黑咖啡裡有白牛奶，白牛奶裡有黑咖啡，咖啡與牛奶交融在一起，已經分不出哪個是黑的，哪個是白的了。

「喏，給你，熱拿鐵。」她把咖啡遞給我，轉身就去忙自己的了。

女友十一點才下班，而我無時無刻都在下班，所以每晚按時來陪她一起下班。我坐在落地窗前，看著外面人車來來去去，每個人都被自己的慾望拖著走，想去的地方，想見的人，想吃的食物，想上的床，想搞的點子，想報的仇……男男女女，老老少少，黑臉與白臉交錯在一起。

你分得出誰是正派，誰是反派嗎？坦白說，我分不出來，畢竟面具人人會戴，且跟塔羅一樣，各種牌面圖樣皆有，花色迷惑人眼，誰看得出底下是什麼鬼？

我父親也看不出來，才會給人耍得團團轉，把整個家搞成一盤散沙。父親從沒抽過塔羅牌，否則應該會抽到零號牌。他是一個憨人，傻傻地賺錢，傻傻地繳稅，傻傻地被騙那種憨；好人似乎都很傻，但我不想說他是個好人，好人不該讓壞人擊敗，何況他是被自己打敗，用一條皮帶，打了自己死結。這只能證明他實在很傻，傻到比壞人還壞，壞到不配當個好人。

我母親同樣沒抽過塔羅牌，否則應該會抽到十一號牌。大家都說她是個好人，但還好不算太傻，所以沒有被自己打敗，也沒有人可以把她擊敗。她親手處理父親遺下的一堆憂贅，搬離被法拍的房子，值錢的東西拿去還債，不值錢的清去回收；父親的骨灰屬於後一類，沒錢供他入墳進塔，只好到公園裡，在他了結的那棵樹下，挖個穴，施肥，滋養草木，為他自己添點陰德。

父親脫下了軀殼，我們的軀殼仍卸不掉，另又當起寄居蟹四處找殼換殼。母親在南部，妹妹在中部，而我在北部，各自蜷在水電包或不包，月租三至五千塊的房間裡。

賃居生活自由，但自由久了，總感覺腳下無根，抓不到地，反而羨慕起父親，甚至也想找棵樹，挖個洞，把自己種下去。但我知道我還不能，妹妹也是，得先等母親種下去了，才能輪到我們。

我不想最後一個種下去，那實在太悲哀太孤單了，但我捨不得讓妹妹那麼悲哀那麼孤單，所以還是我最後一個種下去好了。我問女友能不能比我晚一點種下去，她罵你年紀輕輕不好好過日子只想著要種下去真是沒出息！我沒出息又不是一天兩天的事了，種下去當然也不會是一天兩天的事，因此我花個一天兩天思考自然生態問題，再用掉一天兩天打消搞園藝的念頭，終於能一天兩天不去想種下去的事了。

「喂，發什麼呆，還在作白日夢嗎？」女友問。「對啊，我在幻想自己有個貧苦到哭爸的家庭。」

定格。嘿，你以為我只會這一套嗎？我不僅能定格，也可以快轉，甚至倒轉，信不信？這世界不就是這樣。你相信它是什麼，它就是什麼；你不相信它是什麼，它就不是什麼，管它真實還是虛構，重點在於，你信還是不信。ＯＫ？好，讓我們再重來一次，五、四、三、二，**action**。

「喂，發什麼呆，還在作白日夢嗎？」女友問。「沒有啦，我只是又想起了家裡那些阿雜的鳥事。」「你媽身體最近還好嗎？叫她不要太勉強自己去做志工啦！」「她想做就讓她做，叫她別去當志工，她身體才真的會愈來愈糟哩！」

母親是動保團體的成員，四處援救流浪的貓貓狗狗，幾乎天天跑夜市和假日市集，擺攤位供人領養，幫那些無依無靠的動物們，找個安身的家。

「以認養代替購買，以絕育取代撲殺」這句話是母親的口頭禪。我妹說母親連睡覺夢囈都是這一句，反覆用她那口台灣國語大喊，彷彿這世上的貓狗全等著她拯救。這於母親不啻為一種心理補償；父親在外頭遭人欺負坑害，她沒來得及伸手救他一把，但她尚有機會解救同樣落難受苦的生靈，管牠兩隻腳還是四隻腳，人畜無論貴賤，只願生死皆有所依歸。

「這群人是閒閒沒事幹嗎？」阿義不屑地說。他手握遙控器在幾個新聞頻道轉來轉去，每一台都在播報動保大遊行，成千上萬貓奴狗主，齊聲為流浪動物請命。「不過就是畜生，何必搞那麼大的陣仗？」

「你也是畜生哪，不也打算搞那麼大的陣仗！」他兩眼緊盯著我，一時不知該怎麼反駁，面帶慍色地撇了個嘴，眼神又轉回電視上。

我母親也參加了這場遊行，可惜鏡頭都沒拍到她，我想像她在人群中吶喊的模樣，聲音裡充滿了憤怒，帶著野性的呼喚，呼得像隻貓，喚得像隻狗。

妞妞對著電視上的遊行人潮吠叫，彷彿是在評論他們似的，一發現有人帶著貓狗同行，聲音馬上轉為激烈的狺吼聲，好似牠是一個人，不是一隻狗，而一個人就該看不起貓和狗。

「妞妞可是身價不菲的純種犬哩，哪像那些路邊生養出來的雜種貨！」阿義一臉得意地說，妞妞也驕傲地昂起頭，又忽然察覺哪裡不對勁，斜眼瞪了老頭一眼，好像牠根本不承認自己是一隻狗。

阿義溫柔地輕喚愛犬，正確說法是輕吠才對，好似他是一隻狗，不是一個人，而一隻狗才能配得上另一隻狗。妞妞躍上他大腿，讓他愛撫牠頸背，引牠磨蹭他褲襠。人狗倆情深意濃，看得我口乾舌燥，燥得心裡直發毛，毛到雞皮疙瘩滿地落。

「他的心已非狗的心，而是一顆人的心。自然界中最壞的心就是人心。」

聽過這個嗎？我想應該沒有，這又不是台詞，這是布爾加科夫的對白，摘引自小說《狗心》[注]。聽過這本《狗心》嗎？我想應該有吧。啊，什麼？沒有?!這又不是什麼泛泛之作，這可是什麼？六個字，你自己說：「ㄐㄉㄓㄉㄐㄉ」再說一次：「ㄐㄉㄓㄉㄐㄉ」對，很好，那我就不多說了。

「這本《狗心》是什麼樣的故事？」阿義問。「這是關於一隻好狗變成惡人的故事。」「狗變人？」「對呀。」「真夠扯的。」「哪扯得過你。」「我怎麼了？」「你人變狗呀。」「去你的。」「狗官當久了，不成狗也難！」

老傢伙開口欲說些什麼，八成是想給我幾句罵，卻只是空啟唇齒，什麼也吐不出來，待我意識到情況有異，他已經整個人倒落在地。我立刻衝到他身旁，查看心跳和呼吸，發現他還活著，感到有些失望。我抓住他的上身，試圖幫他一把，卻惹得妞妞狂吠不止，好像在開口說些什麼，八成是在給我幾句罵。

阿義死了，差一點。他中風了，醫院住沒幾天，就趕著返家療養，生怕消息曝光，給媒體一喧騰，讓人當真他不行了。他平生最恨人家把他看扁，再扁他都會吸飽氣，讓自己又挺起來，四、五十年的官場爭鬥，不就是這麼熬過來的，而他以為這次也應當如此。

「給我等著，我很快，就能下，床，」他口齒不清地說著，左半身擺手又蹬足，右半身一動也不動：「老子，還要，當總統……」這句話我反覆咀嚼再咀嚼，才搞清楚他在說什麼；連一句話都講得那麼勉強，還死咬著總統大夢不放。我嘴巴安撫他好好休養別耗心力說話才能早一點康復，腦袋想著太好了終於不用聽他講那些有的沒的像裹腳布一樣扯都扯沒完。

阿義成了一塊木頭，吃喝拉撒皆需倚靠他人；我義不容辭先承攬下來，為他處理日常生活的雜七雜八，例如擋掉親友閒雜人等探訪。

他原有個幫傭大嬸，每日按時來打掃洗衣煮飯；但眼見此般情勢，他更需要的其實是一個貼身看護，於是我先斬後奏替他把這婦人辭退，再與他報備另找了個適合看顧他的人來。

「薪水多少？」「五萬。」「這麼多?!」「他問了妳的薪資，說可以給妳兩倍。」「那我以後每月扣掉學貸、生活費和給家裡的花用，還有閒錢買個名牌包！」她沉浸在美夢中：「太好了，以後每個月都來買一個包，嗯……不，我不要入門款的，我要限量款的，我要像那些貴婦一樣，再貴也無所謂，多存幾個月就有了。」女友緊緊抱著我，滿心歡喜地大叫：「萬歲，再也不用幹超商啦，終於可以脫離苦海了！」

我和女友火速退掉租屋，幾乎什麼都沒帶走，反正只是一堆不值錢的破爛物，就趕忙搬進老頭住處。

「好誇張的房子喔，你看這個……」女友到處摸摸看看，看看摸摸，摸一摸骨董收藏，看一看屋內格局。「果然是有錢人，就算花一百萬買狗屎也不手軟。」她盯著地上狗屎說。我說那是狗拉的啦！她噗哧一笑說我知道啦，接著語氣一轉，又羨又妒地說：「唉，有錢真好！」

我們挑間客房當睡房，挑來挑去挑不了，只好全挑了。我們躺在床上，手牽手，凝視對方。她說好像在作夢，我給她一巴掌，她大叫幹麼啦？我說這真的不是夢。我們都不敢相信會有這一天，兩個窮酸鬼竟有這款命住在一坪百來萬起跳，幾輩子都住不起的豪宅裡，而且是這輩子，這、輩、子就住到了，立馬給他住進來，不用巴望中樂透，不必死熬一世人，也不須空等下輩子。

我們的好日子就要開始了。才怪。你聞，聞到什麼味道沒有？「天哪，」女友懼駭地大叫：「好臭喔！」「快，快報警！」「叫消防隊啦！」「臭死人了，他到底吃什麼？怎麼可以拉那麼多?!」「我煮罐頭肉泥給他吃啊。」「罐頭肉泥？」「就是櫃子裡面那些呀。」「上排的？」「下排的。」「幹，那是給狗吃的啦！」「他不是嗎？」「嗯，也對。」

我們花一小時把屎清乾淨，把老頭擦乾淨，把床鋪洗乾淨，才怪，根本洗不乾淨，只好打電話到購物台買一個乾乾淨淨。「我也想要買東西。」女友撒嬌說。「不行啦，這張Visa金融卡是老頭的。」「拜託，柏金包快被搶光了，當作先跟他借嘛，之後再還他。」「妳瘋了嗎？怎麼可以這樣！」我臭罵她一頓，她也臭罵我一頓，兩個人一邊臭罵一邊打電話一邊轉購物台一邊立刻就把卡刷爆了。

「不會吧，」女友忍不住驚叫起來：「這張卡竟然只有一百多萬！老傢伙不是很有錢嗎？」我沉默地思索半秒，冷笑一聲。「他是故意的，」我像遭背叛似的，滿臉忿恨地說：「他故意給我們一張額度最少的卡！他一定還有其他卡，肯定還藏著好幾張！」「對，絕對是這樣，這隻老狐狸！」

我和女友潛伏於主臥室門外，窺看床上那具肉身如蛆蟲般顫動。他兩眼圓瞠，形同見鬼似的，對著四周的空氣，吐出火灼般痛苦的呻吟。「不要，走開，不，是我，害的……」我們都聽見他這麼說。我模仿老頭那副死樣和腔調，女友亦隨之模仿起來，把彼此逗得笑到岔氣流淚癱倒在地，差點也跟著中風。

人生就像抽塔羅牌，你永遠不曉得會抽到哪一張？還記得這一句嗎？要不要我再講一次？不如你講吧，來：「人生就像抽塔羅牌，你永遠不曉得會抽到哪一張。」要再來一句嗎？還是讓我繼續講下去吧，否則這故事要扯到哪輩子才能結束啊？

我近來老抽到錢幣牌，可惜手氣太背，總是逆位牌居多。我偏愛錢幣十這張，當然，正位的，廢話。十枚錢幣，按生命樹形狀排列，其間有男女老幼四人和白狗兩隻，一副圓滿富足的景象。明明是張好牌，牌上的小鬼卻鬼頭鬼腦，活像在算計什麼？

說來奇怪，打從遷入這死老頭住處，我便時常感到心鬱氣躁，不管看啥都覺陰鷙險厄，再光明亮麗的牌也蒙上一層灰魘，就連六號牌上的天使和前方站立的一男一女亦帶著一股可憎的邪氣。

「有鬼！」阿義對著我們喊，好像我們兩個是鬼一樣。「沒有鬼啦，」我們訕笑著說：「這麼漂亮的房子怎麼可能鬧鬼？」但他仍然喊個不停。「去拿安眠藥。」「上哪拿？」「不然幾瓶酒也行。」我們灌了阿義幾瓶白蘭地，想把有鬼這兩個字澆滅，澆了半小時，終於滅了。哼哼。我們相視而笑，正覺萬分得意，老頭竟出其不意坐起身，下床連做二十個開合跳和伏地挺身，然後又上床繼續躺著。我和女友面面相覷，張大嘴，異口同聲喊出那兩個字：「有鬼！」

阿義心裡的鬼大概不只一、兩隻，八十年漫漫長路不知招惹了多少。還記得這一句嗎？我方才想起之前說過這一句，既然哏都鋪了，那就把它好好再說一次。想知道這一句裡面的鬼從哪來嗎？你可以買張黃紙和只碟子問問，或是科技一點像我這樣用網路搜搜。我仔細清算一下，阿義任內的農地徵收案，一共逼死了十個人。

「所以有十隻鬼?!」女友驚駭叫道，表情活像第十一隻：「我們連十個人都不敢對付，何況是十隻鬼！」我們兩個嚇得要死，因為老頭下床做運動的次數愈來愈頻繁了，幸好他沒有下腰倒著走爬上天花板發出女人唱戲聲，否則他身體裡就要再多兩隻鬼。

我和女友受不了他一直嚇我們，只好將他的手腳綁死在床上。我們對彼此大喊這房間好髒喔應該要打掃一下才對，然後開始翻箱倒櫃搜尋阿義的提款卡，結果他媽的只找到兩張，二話不說立刻跑去百貨公司把卡刷爆，為我們自己壓壓驚。

「把我，放開。」阿義虛弱地說著。「不行，」我們像哄孩子一樣哄他：「等你好了，嗯，不對，等鬼走了，我們就把你放開。」女友竊聲說我們應該餓他兩天，讓那些鬼知難而退。我說妳到底在講啥鬼話，什麼餓他兩天哪，有沒有搞錯?!這麼多隻鬼，起碼得餓一個禮拜才夠！

我想像那些鬼生前長啥模樣？大概跟我父親一個樣，憨，傻傻地賺錢，傻傻地繳稅，傻傻地被騙那種憨。我可不要這麼憨，這麼傻，絕不要跟他們一個樣！

我們把阿義的房間翻來翻去，每天照三餐翻，不知翻了多少遍，像在沙漠汲水似地，貪望再擠出一點一滴。「再一張卡，再來一張……」我們非把老頭的卡全搜出來不可，一張都不能放過！「他肯定還有更多卡鎖在保險箱裡！」「該死，這鐵公雞防我們防得真嚴！」

「死老頭，保險箱密碼幾號？」阿義一聲不響，死絕般瞪著天花板，怎麼喚都毫無反應，連眨個眼也沒有。「喂，老頭，喂……」女友心虛地說：「該不會死了吧？」「怎麼可能，才餓了兩天！」「你去摸摸他。」「為什麼是我？」「為什麼不是你。」「妳這賤貨。」「你這廢渣。」「妳……」「好了，別吵啦，」阿義死而復生說：「讓我再，抽張牌，好嗎？」

我逼阿義用密碼來換，否則拉倒，他毫不猶豫就答應了。「拜託你，」他乞求地說：「幫我，捐個兩億，給慈善，單位。」「好，我會。」我會才有鬼。

我拿出塔羅牌，心想他八成又要問那個蠢問題：「塔羅啊塔羅，我，算得上是個好人嗎？」而他的確這麼問了，接著伸出左手，抽起一張牌。

你猜是什麼牌？還是同一張嗎？你若猜得到，我就不用混了，故事到這裡就可以結束了。

「哈，終於不是十五號牌啦，」我大叫：「你看，是二十號牌。」「這張是，好牌嗎？」他激動地問著。「對呀，你瞧，上面有一個天使。」「所以我是，好人了？」「嗯，對，你是，你是好人了。」「太好了，」他一臉得救般地說：「太好了……」隨後閉上眼，像死了一樣。

我退出房外，把牌洗一洗，洗了又洗，洗了一輩子似的，接著手伸進口袋，拿出十五號牌，放回牌組裡。

隔日，一大早，我們被動物的叫聲擾醒，不，不是狗叫，而是……羊叫。我們在阿義房內發現一隻羊，而這老傢伙已不見蹤影。你覺得很扯嗎？我一點都不覺得扯，只覺得老套，老套死了，天王星都走到白羊座了，還這麼老套！我不知在多少小說看過類似的戲碼了，比如，卡夫卡的《變形記》。

看過卡夫卡的《變形記》嗎？我一直牢牢記著這故事的開頭：「一天早上，格里高爾．薩姆沙從魘夢中醒來，發現床上的自己，變成了一隻大蟲子。」人不只會變成一隻蟲子，也會變成各種動物，例如，一隻羊。

「這隻羊要怎麼處理？」「給妳養。」「我不喜歡黑色的。」是的，那是一隻黑羊，從頭黑到尾，只有眼珠是白的，連瞳孔也沒有。「是瞎了嗎？」「那是白目啦！」

妞妞朝白目黑羊吠個不停。「這隻狗好吵，可以扔掉嗎？」「等等，把牠放到床上，看會變成什麼？」「會變成什麼？」「八成是人。」「人？」「嗯，布爾加科夫說的。」

我開啟word檔，將未完成的傳記一字一句刪除，像親手解決掉一個人，一鍵到底，把密密麻麻的黑字，洗成一片空白。

我們的好日子就要開始了。這次是真的。我們興奮地清點屋裡的值錢物品，一想到這輩子終於買得起房子又不必揹房貸揹到死，兩個人不禁喜極而泣，相擁痛哭，哭得像兩隻狗一樣。

「我們移民好不好？」「你想去哪裡？」加拿大？澳洲？日本？我拿不定主意。這時候只好來抽個牌。我拿出塔羅牌，為三個選擇地各抽一張。

第一張是十三號牌，死神騎在馬背上，嗯，不好。第二張是十六號牌，高塔失火墜下二人，嗯，不妙。我心想必定是這第三張牌了，滿懷期待地伸出手，把牌翻開。

一隻羊，牌面上是一隻羊，兩眼直勾勾瞪著我……

注　《狗心》（*Heart of a Dog*），米凱．A．布爾加科夫著，亦有中譯書名為《狗郎心》。

兩口犬

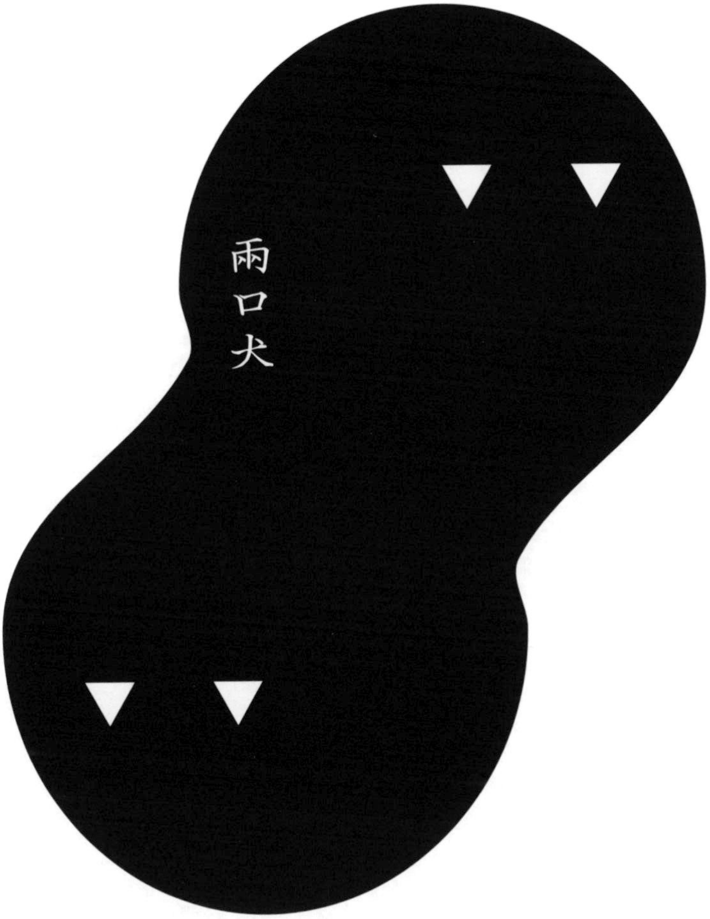

鄉下人忌諱養兩口犬，說是怕那個哭字，但偏有人不顧忌，就只養了兩條狗。

「加上她自己，不就三隻了嘛！」養兩隻狗的女人不屬狗，但凡吃過她虧的都叫她瘋狗。瘋狗罵人不咬人，但她養的兩隻狗愛咬，咬得全村人臭幹她祖宗十八代。

「管好妳的狗！」「你活該被咬！」「我要宰了這兩隻死狗！」「你敢就換我宰了你！」兩個人齜牙裂嘴的，倒也比不上那兩張狗嘴厲害。

「你嬸婆又在起痟啊！」說是嬸婆，其實只是表的。「那不是我嬸婆，那是一隻痟狗。」自從表嬸婆開始發狗瘋後，我就再也沒叫過她。我母親說再跟那隻瘋狗作親戚，早晚會變得像她一樣瘋！

痟狗自己一個人住，丈夫早死了好幾年，獨子又到外地謀生，身邊只剩兩隻狗作伴。她完全把兩隻狗當人養，養得連人看了都想當狗算了。她讓牠們睡彈簧床；夏天有冰吃，有冷氣吹，冬天有暖爐烤，還有熱湯泡。每天一早起來，臉都還沒洗，她就趕著先餵狗，上早市買整隻雞鴨或一大塊肥豬肉來餵，連午餐也要餵，完全不管什麼中晝不能飼狗的狗屁習俗，餐餐都是大魚大肉，吃得比我家還好。我媽煮的連狗都不吃，我跟我媽抱怨，她二話不說叫我直接去當狗好了。

痟狗整天無所事事，老騎車到處鬼混，不是檢舉人家吃香肉，就是為橫死路上的野狗燒紙錢。兩隻狗也跟著她四界跑，那畫面看著也不知是人遛狗，狗遛人，還是狗遛狗？「你看阿春仔，有夠像痟婆。」我不止一次聽過人家這樣說她，而每一次我都不反對。我常常看見她抱著那兩隻狗，像在抱嬰兒一樣，一面搖啊搖，一面唱著：「嬰仔嬰嬰睏，一暝大一寸……」甚至扯開衣襟要牠們吃奶，真是瘋得不像樣。

阿春的兩隻狗都是花的，一隻黑混白叫東東，一隻白混黃叫西西，兩隻都母的，凶起來卻連公狗都怕，這點頗得阿春真傳，村裡的男人也都很怕阿春，尤其當她搔首弄姿的時候，真的是比那兩隻惡犬還嚇人。阿春喜歡穿鮮豔的衣裳，化大濃妝，打扮得像個阿花，比她那兩隻狗還花。走在路上每個人都在笑她，但她卻把那誤當成是一種讚美。鄰近村子盛傳有個奇裝異服的瘋婆子出沒，我們村裡的人都不敢多問那女人身旁是不是跟了兩條狗？畢竟村裡出了瘋子又不是什麼光彩事。他們說阿春可能老番癲了！這大概是真的，不然都六十多歲的人了，怎麼還老是一副不知見笑的死德性。

阿春就住我家隔壁，按我母親的說法，這真是倒了八輩子的大楣。我家雞舍離阿春家很近，中間沒有籬笆或圍牆，只隔了一畝菜園子，那兩隻死狗老在我家菜園裡亂拉屎，我母親每踩到一次，就咒罵一次，還因此養成了罵髒話的習慣。她真恨不得阿春自己踩到，跌個狗吃屎！這兩隻垃圾狗可惡透頂，總愛趁著夜深人寐時偷襲雞舍，鐵籠和網子設得再嚴密也沒用，只要一早聽到我母親的尖叫聲，我就知道又來了。「兩隻垃圾狗，又咬死了我好幾隻雞鴨，已經第幾次了，叫她把狗綁起來也不綁，到處胡亂咬東咬西，哪天咬死了人，再拿她的命去賠！」聲音大到可以把死人再吵死一次，擺明是故意喊給阿春這事主聽的，但她卻默不吭聲，一副裝聾作啞的死樣，她才不在乎自己的狗咬死人家幾隻雞鴨，就算咬死人她大概也無所謂，雞命鴨命人命都比不上她家三條狗命。我母親恨牠們恨得牙癢癢的，甚至已經買好了幾罐好年冬，卻始終找不到機會下手，但我知道她真正恨的其實是阿春，更可恨的是那些農藥不能用在她身上。

阿春總是獨來獨往，常常一個人坐在屋廊上看著兩隻狗發呆，無聊至極，一直要等到狗發情，她才能稍微解解悶。阿春喜歡看狗交尾，每當東東騎到西西身上，做出假交配動作時，她就看得失了神，有人說她當時雙眼迷離，一臉的神往，至於她腦中在想些什麼，那就只有鬼才曉得了。雖說阿春喜歡看狗交配，但那僅限於別人的狗，她怕極了自己的狗女兒被公狗欺負，就像尋常人家怕女兒被占便宜一樣。

為了避免自己的狗吃大虧，那段時間她手裡老死抓著一根棍子，守在自家大門口，一看見公狗靠近，她就整個人抓狂，大吼大叫地追趕，成了貨真價實的猜婆。狗女兒若想偷跑出家門，她也馬上棍棒伺候。「不能她自己生不出來，也不讓別人生哪！」說這話可要冒著被阿春扯頭髮的風險，不過倒還沒人敢傳進她耳裡就是。

我聽我母親她們那群三姑六婆說，阿春從沒懷過孩子，她兒子根本不是她親生的，是向人家分來養的，至於她為什麼沒懷過孩子？這就要問老天爺了。她丈夫在她三十歲那年早早歸天，根本來不及搞清楚到底是他的問題還是她有毛病？有人說阿春不讓兩隻狗懷孕，就是因為她自己不孕的緣故，她受不了連隻狗都比她有本事。

儘管阿春防得再周密，百密也有一疏，有回那隻西西還是給搞大了肚子，頭腦兩光的她只覺得那狗怎麼變得愈來愈肥？直到一天夜裡發現床上一坨坨小肉球在蠕動，她才驚覺事情出了紕漏。隔天一早，我母親聽見阿春家有小狗的哭叫聲，便好奇地窺探一下，只見阿春提著一個沉甸甸的袋子上車，也不知騎到哪去了？後來聽說有人看見阿春把一個袋子扔進大圳溝裡，我們這才明白是怎麼回事。之後我時常看見阿春打罵那隻西西，打得牠再也不敢跟公狗亂來，就算牠有這個狗膽，阿春也會把牠肚子裡的罪證全打掉。相較之下，東東就特別得阿春疼愛，因為東東只喜歡騎母狗，不喜歡被公狗騎，所以絕不會搞大肚子來惹惱她。

我並不怎麼討厭阿春，雖然她很討人厭，但這村子不差我這一個討厭她。阿春根本不在乎人家討不討厭她，她只在意她兒子是不是厭煩她？阿春的兒子不常回家，尤其結婚後就更少了。記得有次回來是她孫子剛出生沒多久，一家三口回來拜祖先，向列祖列宗稟告這件喜事。她兒子長得很像老鼠，膽子也跟老鼠一樣，而媳婦則像條眼鏡蛇，凶悍不好惹，把丈夫吃得死死的。聽說她媳婦最討厭狗，嫌滿屋子狗臭，更對滿地的狗毛和蝨子反感，祭拜結束後，連一分鐘都不肯多待，就趕忙離開了，而且阿春從頭到尾都沒抱到孫子，因為「妳身上有狗臭味！」她媳婦說。據說當時阿春臉臭得像抹了狗屎一樣，整齣好戲全被我母親看在眼裡，她馬上在村裡四處宣傳，就怕全村都不知道這件事。

有人聽了很同情阿春，幫著數落兒媳的不是；有的則是幫媳婦撐腰，說阿春的狗窩連鬼都不敢住！屋內髒穢確實是阿春的不對，但說到臭，這實在不能怪她啊，隨著年紀愈來愈老，她身上只會愈來愈臭。阿春先聞聞屋裡，再嗅嗅自己身上，真有那麼臭嗎？她怎麼都聞不出來？她覺得媳婦真會鬼扯，故意找她碴，騙她沒聞過臭味是不是。她丈夫過世時，冰櫃還不普及，只能直接把遺體放入棺木內守靈，大熱天的，守不過七日就臭得鄰居快受不了。「那才係真正臭啊，不知世面的臭雞掰！」阿春臭罵著。

不知世面的臭雞掰。這句話聽著真耳熟。啊，對了，當初我母親和阿春撕破臉就是因為這句話。至於為了什麼事鬧翻？嗯，還不就一些無事生小事，小事鬧成大事的鳥事嘛。兩人鬧得幾乎快打起來，其實她們早已互看不順眼，心裡積怨甚深，這件事不過是那最後一根稻草罷了。我母親惱怒的倒不是臭雞掰這三個字，而是說她沒見過世面，這話聽在她耳裡等於是在罵她愚蠢，她實在無法忍受一個比她蠢的人罵她愚蠢。「妳是見過什洨世面啦，騙痟ㄟ，妳是生雞卵無，放雞屎有啦！」我母親氣得破口大罵。「生雞卵無」這四個字刺到阿春痛處，她馬上發揮她痟婆的本事，起乩似地胡罵一通，沒想到痟到一半痟不下去，竟然號啕大哭起來。我母親見好就收，趕緊抛下這哭爸的痟婆閃人。

如果阿春是隻狗，那我母親就是隻貓，貓狗老是水火不容。有天，我母親栽在菜園子裡的甘蔗，都長到膝蓋這般高了，卻在一夕之間全被摧毀殆盡，就算白痴也會直覺是阿春那兩隻死狗搞的鬼，我母親立刻去找她理論，沒想到阿春毫不遮掩地直說那是她弄的，我母親傻了半晌，還沒開口阿春就搶著說：「妳種那些甘蔗會引來老鼠，離我房子這麼近，跑進我家裡怎麼辦。」「妳家裡髒臭得跟糞坑沒兩樣，還怕老鼠鑽哪！」阿春不作聲，一貫的死樣。我母親氣得大叫：「妳和那兩隻死狗給我小心一點，改天我一定讓牠們沒辦法再作怪！」「妳，」阿春露出一臉驚嚇：「妳要做什麼?!」上一次出現同樣的表情，是三十年前她得知丈夫死訊的時候。之後好幾天都沒看到阿春和兩隻狗，原以為是上城裡找兒子去了，沒想到竟是把自己和兩隻狗關在屋裡，關得東東西西悶得汪汪叫，阿春一直噓、噓，叫牠們不要出聲，像是怕把死神招上門似的。「真正是痟雞掰，不知世面的痟雞掰！」我母親趁機狂罵一通。

我母親心腸不算太好，但她卻很喜歡看佛教節目，聽那些大光頭講人生大道理。「六道輪迴分善、惡兩道，惡道有三道，地獄道、餓鬼道、畜生道……」自從我父親跑到對岸做生意外遇後，我母親就迷上這種談論因果報應的節目。她像在聽鬼故事似的縮成一團，看著看著，忽然跳起來咒罵一頓：「看到沒有，歹事做太多，下一世準備做畜生！」說著她轉過頭來瞪著我：「你也同款，再皮一點嘛，下輩子也去當狗！」說得好像不關她的事一樣。我忽然想起東東和西西，牠們上輩子不知做了什麼壞事，這一世才會汪汪叫？「凡口出惡言，身行惡事，心懷惡念者，皆墮惡道。」大光頭說，說得一副不關他事的模樣。道理聽起來很容易，實際做起來卻很難。我母親還是很愛說別人壞話，老把阿春掛在嘴邊當笑話講，不過凡是跟她丈夫有關的事她倒是從來不笑話。阿春她丈夫是喝酒喝掛的，儘管已經死了很久，他卻還一直活在親友們的嘴裡。他們說他是個好人，好到不忍心傷害別人，結果最後只能傷害自己的那種好人。他的事我從不多問，但不代表我不偷聽，聽久了就曉得他的死跟賭有關，怪的是人人都誇他老實，老實這個詞竟然跟賭博搭在一起，真令人想不通？

阿春她丈夫，也就我表叔公，是個比木頭還老實的人。他生前曾幹了十多年的公職，後來卻因為一起貪汙案而被革職，有人說他只是上面大官的替死鬼罷了，但事實如何也沒人說得清楚。大家只會說他老實，老實到任由妻子叫罵也不回嘴，而且那種罵法像是他虧欠她八輩子似的連珠炮個沒完。她沒生下一兒半女也就算了，還老是把他當仇人罵，村裡很多女人都看不下去。「天底下也有這款查某！不知自己的輕重，連顆蛋都生不出來，還敢這麼囂張。」阿春一聽見這類話，對丈夫就罵得更厲害，好像都是他害她被罵似的。

阿春的丈夫屬牛，所以人家都叫他阿牛，個性也像牛一樣，平常溫馴敦厚，但牛脾氣也有發作的時候，有一次阿春左臉頰烏青一片，人家問她怎麼回事，她說不小心跌倒撞傷的。鬼才相信。他們說一定是被牛角撞到的。阿牛喝醉就會發酒瘋，所以阿春時時提防著，不讓他有機會發瘋，她只允許自己瘋，只是防得再嚴也會漏鉤，這時就會看見阿牛拿著棍子或菜刀追著阿春滿村子跑，好像他是她八輩子的冤親債主似的。

丈夫都死了那麼多年，阿春還是時常在村子裡頭跑，尤其是他忌日那天，從早跑到晚，活像個痟婆，但就只有這天不會有人罵她痟婆。每逢這日子，村裡那幫閒人總要再炒一次冷飯，講他們夫妻倆走遍宮廟看遍大夫求子，肚皮卻始終沒有消息，還被神棍和庸醫榨乾老本的過往事。阿牛就是錢被騙光才開始賭博的，可惜他賭運太差，連命也輸掉了。他們說阿牛在自己的酒裡加了農藥，鄰居小孩插嘴說其實是阿春下的，我叫他閉上狗嘴。阿牛的肉身雖然消亡了，魂魄卻一直彌留在阿春的生命裡，於是她只能不停地跑，像是在履行未亡人的義務似的，死命地跑個沒完。

無人知曉阿春到底在跑什麼鬼，而我實在太好奇，有次也跟在她後頭一起跑。

我從沒發現原來阿春這麼單薄，比她腳下的影子還薄，她邊跑還邊轉頭看自己的影子，一臉的驚恐，好像那是一隻會咬人的瘋狗。我也學她轉頭看自己影子，我的看起來不像狗，比較像一隻猴子。日頭燒得要命，連半點屁風也沒有，我熱得累得喘得像隻狗一樣，只有瘋子才會在大熱天跑，我實在沒這個瘋勁繼續奉陪，只好夾著尾巴落跑。跑完後我整整鐵腿了一個禮拜，那陣子每晚我都重複作同一個噩夢，我夢見一個男人賭贏了錢，痛快地把滿桌的鈔票攏進懷裡，接著鈔票堆冒出一個嬰孩哇哇大哭，然後男人就口吐白沫死了。每次我都嚇醒過來，為此我還去收了好幾次驚，不過好像都沒啥屁用就是。我想我真的不該太常偷聽人家講話，日有所思，晚上就胡亂作夢。不曉得阿春是不是也會時常作噩夢呢？

國中暑假作業煩人又無聊，還不如偷窺阿春比較有趣。我家院子有好幾棵芒果樹，其中一棵就在阿春房間窗外，晚上如果睡不著，我就會爬上樹偷看她在幹麼？阿春很喜歡脫光光在床上滾來滾去，有時笑得很開心，有時又痛苦得像快死掉的樣子，我想整個村子除了我之外沒有人知道原來她連在家裡也一直在痟。阿春養東東西西之前，曾經養過好幾隻都叫阿牛的公狗，有人說她大概思夫心切才會取這名字，但他們根本不知道阿春和阿牛們幹了什麼勾當，這種勾當我只看過兩隻狗一起幹，從沒想過人和狗也可以。我初次看到還驚訝得從樹上掉下來，顧不得傷勢，又爬上去繼續看。我說的都是真的，沒錯，我是喜歡惡作劇，還因此得到兩支警告和一支小過，但我絕不說謊。我在書上讀過神話傳說中半人半獸的怪物，阿春和阿牛結合成一體的樣子就跟書上描述的一模一樣，我從沒想過有天竟能親眼見識到。這件事我從沒跟任何人說過，反正說了他們也不會相信，就像神話傳說沒人會信以為真同樣道理。

我想阿春真的很寂寞，所以她才會一直養狗，一隻養死了，再養另一隻，接著再一隻，一隻又一隻，沒完沒了。她喜歡養公狗，但她養的公狗沒一隻不短命的，最後才死心地養起母狗。東東是她路邊撿來的，西西則是附近外勞養來冬令進補的，她跑去警察局告密，那狗就變成她的了。阿春只跟母狗合得來，和村裡的女人都處得不好，除了一個名叫阿珠的衰女人，丈夫年紀輕輕就因為工地意外成了植物人，讓她守了大半輩子的活寡。我見過阿珠她丈夫，躺在床上一動也不動，像顆蟲蛹一樣，看不出是活還是死的？人人都叫阿珠雞母，她長得不像雞，但跟雞沒兩樣，因為她家裡窮，窮到要用身體去換錢，村裡的男人沒人沒給過她錢的，連別村的男人也搶著給她錢。阿春從不給阿珠錢，倒是常送很多吃的給她，然後兩個人一起在房裡唱哭調仔，怨嘆自己真歹命。這件事我同樣沒跟任何人說過，因為我知道她們實在是太命苦了，我看著看著也跟著命苦起來。

東東和西西都不用怕命苦，玩樂到天昏地暗都不怕。有時兩隻狗玩得太瘋，玩到不知道時間回家，阿春就會罵牠們：「這兩隻猴死囝仔是跑去哪死啊死到不知時候返來！」明明是兩隻狗，卻說牠們是猴死囝仔，我母親也常這樣叫我，我都快懷疑自己是不是也是一隻狗？我甚至懷疑，我不是我母親親生的，不然她為什麼老是罵我像在罵狗一樣？有時候我真的好想當一隻狗，換掉這顆人腦袋，就可以不用知道那麼多祕密了。

阿春的祕密不止在床上，床下也有。她的床底藏著許多瓶瓶罐罐，其中有一個很大的甕，裡面不知道裝什麼鬼，她老是對著甕裡講話，像個神經病一樣，其他玻璃瓶裡則是裝著一些奇怪的東西，起初我看不清楚那是什麼，以為她在醃黃瓜之類的，後來才發現每一瓶都裝著動物的器官，大腦、內臟、腸子，還有雞雞和蛋蛋，大概是從之前養死了的公狗身上割下來的。畫面實在太慘烈，看得我也跟著痛起來，尤其一想到她可能也割下了自己丈夫的，我就痛得更厲害。

阿春活像個虎姑婆。她一一清點那些寶貝，臉上滿溢著詭異的笑容。那一瞬間我對阿春感到極度的厭惡，但我萬萬沒想到緊隨著厭惡感而來的竟是對她的同情與悲哀。我也不知道我在同情個悲哀個屁？我只知道如果我把她的祕密全抖出來，她應該會羞忿得當場了結自己吧？但我絕不會這麼做，勒索她倒是可以考慮，反正她也不是第一次被勒索，村裡每個被東東和西西咬過的都曾向她勒索，但她都要賴不給，還叫人家傷口塗狗屎就好了，最好她哪天就不要生病，否則也要叫她吃狗屎就好了。

村裡太多人被阿春的狗咬，咬到咬無可咬，人家只好打電話叫捕狗大隊來抓。先是東東被抓，趁著阿春去吃喜酒的時候出手，阿春根本不知道東東被抓去哪裡，傻傻地騎車到處找，像丟失了小孩一樣急個半死。據說路上野狗被捕後會放到獸醫院讓人認養，若是沒人認養就會被活活弄死，天曉得東東究竟是死裡逃生，還是已經丟了那條狗命？

自從東東不見後，阿春就更小心地顧著西西，畢竟禍不單行，倒楣事往往會接連上門，而她的確沒料錯，西西在一天下午她午睡時被抓了，她醒來後四處找狗，還大聲咆哮是哪個混蛋又打電話叫人來抓她的狗？阿春老淚縱橫的樣子有夠可憐，我實在看不下去，只好跟她說西西可能在獸醫院妳自己去找找吧。我這麼做絕不是因為那兩通電話都是我母親打的所以讓我什麼該死的惻隱之心作祟，純粹只是順便罷了，就像捕狗大隊來抓東東和西西我也幫忙一起抓是同樣的道理。

沒過幾天，西西又被阿春領了回來，真是好狗運，可惜阿春的狗運沒那麼好，她兒子怎麼領也領不回來。自從好幾年前返鄉幫父親拾完骨後，他就再也沒回來過，下次回來大概就是替阿春送終的時候。阿春根本不知道她兒子的住處，想親自登門探訪也沒辦法。她曾在兒子新婚時去過一次，後來再上門，竟像擋瘟神一樣將她擋在門外，沒多久他們就逃難似地火速搬走了。阿春捨不得說兒子的不是，只好一直臭罵她媳婦帶壞了她兒子，還說鬼才曉得她生的小孩是誰的種，跟她兒子一點也不像，要是她自己能生，她保證生出一個跟他長得一模一樣的。

村裡的人時時等著看阿春笑話，她只好編一堆謊言來應付他們。「我兒子太忙，工作多到沒時間休息，回家路途太遠，我不忍心讓他多跑這一趟……」結果過年放假也沒回來。「我親家他身體不好，總是要回去探望一下，就怕是最後一次過年了……」結果年都過了好幾次了，那老傢伙還活得好好的。阿春一直扯謊，扯到最後連「我兒子調去美國了。」這種話也扯得出來。她兒子是貨運司機耶，調去美國個鬼，乾脆說他移民火星好了，當我們三歲小孩是不是？騙小孩也不是這樣騙的。日復一日，年復一年，騙到最後阿春連自己也騙不下去了。那些跟阿春有過節的，不免趁機來激她幾句。「人家說不定跑回去找生母去了，還會想要理妳這隻痟狗母?!」阿春聽了先是愕怒，嘴裡的髒話來不及脫口，又瞬間換了顏色，像是徹悟什麼道理似的一臉淒然。

阿春的信老是寄來我家，因為郵差先生被那兩隻瘋狗咬怕了，便託給我們轉交，每次我都直接拆開來看，大多是阿春寫給她兒子又被退回來的，每一封的內容都矯情得要死，像在寫情書一樣，幾乎讓我笑破肚皮，偶爾有一兩封是她兒子寄來的，信裡寫些嗯嗯啊啊也不知道是什麼鬼，我怕阿春看了會更難過，索性就把信扔進垃圾筒裡去了。阿春不該再受到太大的刺激，她已經整個人衰鬼纏身，先是大病一場，跟的幾個會仔又接連被倒掉，然後她和阿珠也鬧翻了，聽說是阿珠勾搭上了自己小叔，也不知道事情怎麼傳的，鬧得人盡皆知，說她賺的那些皮肉錢全用來養他這隻小狼狗，還有人甚至說他倆一起在她丈夫床上亂搞，講得繪聲繪影的，好像他們也在床上一樣。

阿春嫉妒得要死，因為她什麼狗都養過，就是沒養過小狼狗。她實在是孤身太久了，心理超不平衡的，又找不到人發洩，只好四處臭罵他們，還咒阿珠沒好死。

天曉得阿春這麼厲害，沒多久她的詛咒真的實現了，阿珠吊死在家裡，她丈夫也餓死在床上，屍體都腐爛長蛆了才被人發現，而那隻小狼狗也跟著人間蒸發。阿春嚇得一直發抖，我知道她在怕什麼，全都是她這張狗嘴，狗嘴吐不出象牙這話果真不假。從那之後，阿春就變得怪里怪氣的，時常一個人自言自語，彷彿身旁一直有人跟她說話似的，講話也開始顛顛倒倒起來，有時說她根本沒有兒子，有時又說她生了十幾個，比母狗還會生。

終於有一天，阿春騎車去撞電線桿，撞得腦震盪還斷了一條腿，結果她兒子連一通電話也沒打回來。我不曉得阿春是不是故意去撞的，但我知道她根本沒這個膽，死了就真的再也見不到她兒子了。阿春死也死不成，活也活得不像樣，身形枯槁，容貌萎靡，像隻被趕出家門的喪家犬，再也不化妝，不穿鮮豔衣裳，整天在路上大叫說她兒子要回來了。阿春從她撞的那根電線桿取下一支選舉旗，一面揮舞著旗子，一面在村裡跑，大喊旗子上的老鼠臉是她兒子。我們全閉著嘴，不忍反駁說那不是她兒子，而是個肖想連任的狗官。狗官來我們村子拉票過，整個人威風八面，派頭十足，我當下就立誓長大也要成為這種人，手握權力，腳踩地位，光明正大地撒謊，言不由衷地拍胸脯。阿春天天擎著選舉旗在村裡跑，每個人對她更加另眼看待，而她會狠狠地罵看什洨，彷彿全天下的人都跟她有仇似的一直臭幹別人的祖宗十八代。每當這個時候我就好想安慰阿春，叫她不要介意別人的眼光，這本來就是個狗眼看人低的世界呀，更何況她自己也有兩隻狗眼。

之後好幾天我都沒看到阿春和西西，電視上時不時就有老人死掉屍體被狗啃食的新聞，我實在很擔心她，也很掛心西西有沒有吃飽。我爬到樹上偷窺阿春房裡，裡面空無一人，只看見她床上躺著一副排列完整的骷髏。我幾乎以為那就是阿春。忽然間我聽見她兒子房內有狗叫聲，就改爬到另一棵樹上，結果發現阿春就在那裡。奇怪，那她床上的骷髏又是誰？阿春全身一絲不掛，雙腿騎著她兒子的枕頭一直搖，邊搖邊哭，看得我好難過，阿春真的很想念她兒子，但他是不是也一樣惦念著她呢？還是，對這個從未寄生過的軀體根本沒半點鄉愁？糟糕的是阿春的鄉愁在他身上，日日夜夜都心繫著他。她好想再回到從前，回到每晚抱著他入睡的時光，讓他窩在她的胸懷裡，滋潤她荒蕪的生命。她沉溺在回憶裡，將枕頭緊貼住下體磨蹭，發出生產般的哀嚎，想像他在她的身體裡，充滿她整個生命。阿春聲嘶力竭地嚎叫著，西西也同時跟著吹狗螺，啊嗚啊嗚的，讓我全身毛骨悚然，雞皮疙瘩掉滿地。

當天深夜，阿春把她兒子所有衣物和生活用品全燒個精光，包括那顆枕頭。我母親說過，只有家裡死人才會燒衣服，那燒活人衣服是什麼意思？阿春為什麼也要燒自己的衣服呢？她將身上的衣物全脫下，扔進火焰裡，整個人赤裸裸站在火光中，像著魔一樣大笑，只是那笑聲聽起來好像哭聲。全世界只有我明白阿春的悲哀，她只是想要有個人可以依靠而已，但她甚至連自己都快靠不住了。阿春落寞地跌坐下來，拿起一條繩子，像拴狗一樣繫在自己脖子上。那種粗麻繩很適合用來上吊，阿珠上吊應該就是用這款的，還是這根繩子就是阿珠上吊那條?!我還來不及搞清楚，就看見阿春開始學狗啊嗚啊嗚的叫，火光打在她身上，在地面投影出一隻狗的形樣。我以為自己看走了眼，揉揉眼睛再看，地上依然是一道狗影。我想我真的睏了，睏得雙眼都茫了。夜已經深得不像話，我不得不丟下阿春，趕緊逃進夢鄉裡去。睡夢中，我一直夢見那一團火焰，從熊熊烈火慢慢燒成一堆灰燼，只是夢裡的我怎麼也料想不到，隨著火燼熄滅，阿春這個人從此再也不存在這世上。

隔天一早，我還賴在床上，母親就在家裡大呼小叫，我以為是雞鴨又被咬了，沒想到她卻說阿春起痟了。我說她不是已經痟好幾年了，有什麼好大驚小怪的？只見她一臉驚恐地說：「是真正起痟了！」

阿春的狗咬過不少人，但他們萬萬想不到有天會被阿春咬，只要有人經過阿春家門口，光溜溜的阿春就會像狗一樣立刻衝去追咬對方，光一個早上就有十幾二十個人的大腿烙上了阿春的齒痕。村裡的人都說阿春一定是因為被倒會才會發瘋，真不曉得該說他們太單純還是太愚蠢？我們打電話通知她兒子，結果是她媳婦接的。「死了嗎？」「沒有，她瘋了。」「等死了再打過來。」說完馬上掛斷。這下麻煩大了，所有親戚都不想沾惹這麻煩，最後麻煩就只能落在離她家最近的我們這戶上頭。我母親百般不願意，後來人家勸說只要把她鎖在家裡，按時供給她三餐就好了，我母親才勉為其難答應。

每一餐都由我負責送去。我母親根本不想鳥阿春，她一直守在電視前面，沉迷一個哲理論談節目，聽某假掰大師講一些嚇唬人的話，像是什麼世上所有人都是畜生之類的。「世人皆畜生，」自稱大師的傢伙說：「差別就只在於，是哪種畜生罷了，有的是做牛做馬，有的是狼心狗肺，也有的則是豬狗不如……」我本想繼續看下去，搞清楚我是哪種畜生？母親卻立刻趕我去餵狗。阿春家裡隨地是大小便，臭得要命，走沒三步就踩到一坨，每踩到一坨我就臭罵一句，差點沒讓我養成罵髒話的習慣。屋內髒亂得跟垃圾場沒兩樣，東西都隨便亂丟，大多是些不值錢的廢物，我只撿過一枚金戒和幾張鈔票，順手就放進口袋裡，還曾撿到她的存款簿，裡面已經一毛不剩，原以為她遇到金光黨了，拿給我母親看，她指著簿子最後一格，說轉出帳戶是她兒子的名字，這才真相大白。

「吃飯囉。」我叫喚阿春和西西。我在客廳裡沒看到牠們，通常西西都蜷縮在角落，牠對於自己的主人變成同類還無法適應，老是一臉迷惑樣，總等著我送食物來才稍微開心點，但今天卻反常地沒看到牠來搖尾巴。

我走入房裡叫阿春吃飯。房間內昏暗得像座墓穴。我看見阿春屈膝坐在床上，一臉蒼白無神，活像個死人，懷裡緊抱著那只裝著人骨的大甕，而西西倒在地上哀嗚著，牠的兩隻耳朵都被割掉了，流了滿地的汙血！

「妳做了什麼？」我驚叫。阿春幽幽地轉過頭來，開口對我說些了什麼。

「其實……沒起痟你知……嗎我只……不想活…比狗……不如……」我努力想聽清楚她說的話，但竄入我耳裡的卻只是一連串像狗哀嚎般的哭聲，而這時我才發現阿春頭上多了兩隻狗耳，她把西西的耳朵縫到自己頭上了！我的老天，她真的瘋了，而更瘋的是她竟然從甕裡拿出骨頭，像隻狗一樣開始啃食。我忍不住乾嘔起來，連滾帶爬地逃出這座狗窩。

阿春到底做了什麼壞事？為什麼下輩子還沒到，她就等不及輪迴成畜生道？屋內不斷傳出吹狗螺聲，啊嗚～～啊嗚～～我不停地發抖，搞不清是害怕還是亢奮？我心底有什麼東西在不斷滋長，腳下的影子也隨之扭動起來，像是在進化似的，逐漸變形成一個陌生的樣貌。一頭什麼？還是一隻什麼？阿春持續啊嗚啊嗚叫個不停，我也好想跟著一起啊嗚啊嗚，但我沒有，我只是冷靜地將門關上，鎖好，假裝不知道剛剛發生的以及現在正在發生的事，也絕不能讓任何人知道。我試著說服自己，她已經不是人了，而是一隻真正的，狗，對對，沒錯，而兩隻狗，就只能湊成一個哭字，我對自己說。

家

豬八戒又去相親了，滿面春風地出門，回來卻屎著一張臉。第十次了吧，不，應該不止，否則臉不會臭成這樣。人人趕緊掩鼻閃邊，沒在乎他臉臭不臭，再臭也臭不過他豬舍終年漫出的那股氣味，尤其每當西南風一颳，整座村子便活像掉進糞坑裡，遭殃的不免臭罵幾句：「臭臭臭，真正是臭死人，尚好臭乎伊一世人娶無某！」

豬八戒四十好幾了，還不算太老，但白髮卻愈冒愈多。算命的說他若是五十歲前沒成親，就將只能這麼孤身終老。他自己很隨緣，旁人倒比他著急，還剩兩年，不，就剩兩年了，好對象難尋，要不離過婚的、死了老公的、身體有殘疾的也好，本地人覓不著，改找外籍新娘也行。

「若是真正娶無，冥婚也可以啦！」「呸呸呸，娶你娘啦！」「奇怪，這阿榮老是幫豬配種，怎麼他自己倒那麼難配？」一聽見這話，豬八戒就嘔個半死，心想自己竟不如豬舍那幾隻豬公嗎？連畜生都比他有豔福得多，為啥他阿榮沒這款豬哥命呢？

阿榮就住在豬舍裡，不是豬圈裡面，而是旁邊的小隔間，放雜物兼作住房；說是人住的，其實跟豬窩也沒啥兩樣，床上若真躺著一隻大懶豬，我想應該也不奇怪。

阿榮這隻豬可完全不懶，雖然厝邊頭尾抱怨他的豬舍臭，但對於他的勤奮倒是不吝於誇獎幾句，只是誇獎歸誇獎，若問願不願意將自家女兒嫁給豬八戒，便立刻啞住他們的嘴。「唉，豬肉不是人人愛吃？飼豬的怎會眾人嫌哩？」阿榮喪氣地說。其實勉強來說，阿榮也不算差，個性憨厚，體格健壯，只是相貌吃虧了點，兩扇大耳，一副朝天鼻，活脫脫就是一塊養豬戶的招牌。然而憑良心講，就算職業不太體面，長相不怎麼討喜，也總不至於羅漢腳一世人吧，同村的那個青瞑輝仔都能討個啞巴老婆，他阿榮竟連瞎子也比不過嗎？

自我跟阿榮初相識，他就是個飼豬的，飼豬飼了半輩子，別的活兒全不會，除了養豬也不知道要幹麼，只好這麼飼下去，飼成一隻豬八戒。豬八戒這外號是我取的。若是阿榮沒養豬，我就不會叫他豬八戒，全村也不會跟著一起叫，但可別責怪我，追根究柢，阿榮之所以會變成豬八戒，全都是拜他父親所賜，畢竟豬舍是他父親分給他的，而他竟傻呼呼地把自己關進豬牢內。其實我明白他也無可奈何，因為他就只分到這麼一間破豬舍，其他田地和房產全沒他的份，幸好他還算有本事，光憑這破豬舍每年也能飼出上百頭牲口，收入還好過村裡那些拿鋤頭的。不過說到底，真正有本事的是那些豬才對，他若真有本事，也不會到現在還是光棍一個，連隻豬仔也生不出來。

阿榮有三間豬舍，除了父親留給他的那間，還另外增蓋了兩幢，全是紅磚牆水泥瓦，櫛比鱗次地並排在一起，舊的那間養一大群肉豬，新蓋的一間養四、五隻種豬和五十多頭母豬，另一間則給懷孕的母豬當產房住，他自己的住房就在這一幢，好就近注意孕豬和初生豬仔的動靜。

阿榮很寶貝自己的豬隻，尤其是專司繁殖的豬公和豬母，他常常對著牠們說話，討好地哄牠們多生一點豬仔，養成肉豬好賣錢，讓他多存點老婆本。他這二十多年想必已經存了不少，可這老婆本都快攢成棺材本了，另一半卻還是連個影也沒有。孤家寡人總是得討個妻子成家呀，否則那幫親戚早不來往了，以後誰人來為他送終？

每日天剛亮，阿榮就起床了，肚子都還空著，便趕著先伺候那一大票牲口。阿榮的身影才剛出現，豬群裡便一陣騷動，一隻隻開始嘶嚎著討食。豬只吃早晚兩頓，食量卻大得連兩頓都吞得下。我常擔心那些豬會把阿榮吃垮，尤其是在豬價下跌的時候，但每次他都安然挺了過來，連口蹄疫肆虐那回也沒被波及，真正是豬棡公有保庇。豬舍裡鬧哄哄一片，隨著飼料桶的重量慢慢減輕，哭餓聲才逐漸平息下來。桶子內還剩一大勺飼料，阿榮給了角落那隻黑豬公。那頭豬原本是養來中元賽豬公，據說阿榮夢見那頭豬哭求他饒命，以為是豬椆公顯靈了，便留下來供養至今。

阿榮不吃豬，大概是種職業病，近幾年他甚至吃起素來，畢竟殺生多了，想為自己消點業障。阿榮三餐都在外，這村子就一家麵攤，他天天去光顧，擺攤的是個外地搬來的婦人，獨自帶著兩個女兒，本想順勢讓他倆湊成一對，卻怎麼湊也湊不成。阿榮大概也沒這意思，不過他倒是很喜歡那兩個小孩，常常逗她們玩，讓她們騎到頭上拍他的大光頭，還抓了隻豬仔來給她們當寵物。「好好飼，飼大隻就能吃喔。」話才說完，小鬼馬上哭叫起來。「好啦，不要吃，就一直飼，飼到死。」小鬼哭得更大聲。唉，真傷腦筋。雖然阿榮有些遺憾自己沒孩子，但每遇到小鬼哭鬧，還是覺得照顧豬仔較輕鬆，養大了就賣掉，無牽無掛。

中晝過後，豬舍裡抽水馬達轟轟響，水柱嘩啦嘩啦的在豬隻間游移，沖掉滿地的穢物，也洗去七月的暑熱。阿榮也把自己淋得一身濕，然後跳進肉豬群裡，跟牠們躺成一塊，一起睡個大懶覺。外人若看到這畫面，肯定以為他腦袋秀逗了，但我早就見怪不怪，只是我始終搞不清楚，他究竟是把牠們當人看，還是把自己當作豬？偶爾我一大早來找他，去他房裡找不到人，竟發現他躺在豬床上，一群小豬仔全偎在他身旁呼呼大睡，睡得跟一家人一樣。我彷彿看見阿榮臉上真長出一副豬鼻子。這樣下去不是辦法，我得趕緊四處打探一下，為阿榮找個好姻緣，否則哪天他真變成一頭豬，那還得了！

豬舍終究脫不了髒，尤其豬糞池養出那一大群蚊蠅，看了就讓人發毛，而為避免病媒蚊孳生，定期要噴灑消毒水，但消毒水消不了鼠輩猖獗，時不時腳邊就竄過一隻，偷吃飼料吃得又大又肥。我勸阿榮買點滅鼠藥回來放，他卻不當一回事，我只好從家裡帶些捕鼠籠過來，沒幾天就捕到十多隻兩、三斤重的大肥鼠，本想隨手棍棒解決掉，但又覺得好像有點可惜，賣給山產店充當田鼠煮三杯至少還能換點菸酒錢。友人阿忠嗜吃野味，我特地留了兩隻最肥的給他。他四處幫人捕蛇，結識了不少人，之前也曾託他為阿榮介紹對象，只是最後全都無疾而終。他說捉蛇他隨手撈就一條，而阿榮的相親對象嘛，則是兩手一攤，空空如也。算了，反正他介紹的那些貨色，不是質料差滯銷，就是已經過期變質，還不如娶隻母豬。說真的，阿榮哪天若真娶母豬過門，我一點也不會意外，他常躲在豬舍幹些下流事，搞得那些母豬吱吱叫，真正是有夠豬哥，我要是沒帶他去找點樂子，他恐怕到現在都還不知道女人是啥滋味哩！

阿榮房裡很簡陋，電器用品也都很老舊，只有一台顯微鏡是新的，那是之前養豬協會舉辦活動抽中的。自從阿榮得到那架顯微鏡，他的眼光變得更小，視界卻變得更大，不管什麼他都放到鏡頭下檢查，看細胞分裂，看寄生蟲蠕動。每當豬公騎完假豬台，他就把剛取下的豬精液顯微一番，他說他也檢視過自己的，沒想到活動力竟比豬哥的還差，真糟糕。他問我要不要也檢視看看，我說我都生三個了，還檢查個屁！

阿榮有時會說出一些很無腦的話，像是人跟豬能不能生出孩子之類的，我反問他那生出來的是人還是豬呢？阿榮真的是想當豬哥想瘋了，只是他再怎麼豬哥也比不過他父親，家裡生五個不夠，外面還偷生了兩個，阿榮就是其中之一，包含另一個夭折的，七個全是兒子，成了他生命中唯一一件值得臭屁的事。

豬跟人不同命，豬公養太多沒什洨用，一窩窩的豬仔全是當肉豬的料，而肉豬講究肉質軟嫩，公豬仔便難逃閹割的命運。每當這時候，阿榮就要我來幫忙，抓住豬仔的後腳，好讓他順利在豬仔囊袋上劃兩刀。阿榮的性子雖有些軟弱，動起刀來倒比那些光會出一張嘴的傢伙還有魄力。豬舍裡迴盪著淒厲的尖嗥聲，血腥的場面虐得我四肢發軟，雙腿間似乎也隱隱作痛起來，忽然慶幸自己前世有燒好香，這世人免受牲畜刀劫之苦。別看豬仔小小一隻，掙扎起來力道可不小，一次三、四十隻下來，抓得我雙手又痠又累。報酬是一碗公新鮮豬睪，帶回家炒一大盤沙茶空心菜豬卵脬，沒幾口全被我掃光光，以形補形，晚上也補補我家那隻虎霸母。

賣菜的老太婆也想補一補，補她那體質羸弱的孫子，拿兩顆賣剩的爛白菜換了碗豬睪回去。這老太婆愛作媒，替人牽紅線牽成了副業，為阿榮介紹對象就屬她最勤，先前幫阿榮牽幾次都沒成，本以為她放棄了，看來她還是肖想這份媒人紅包。

「這次介紹你一個牛尾村人，三十五歲，長得不錯，奶大勢飼，屁股大勢生，做事也很勤快。」阿榮默默聽著，沒自己的主意，不管跟他說什麼，他都只會應好，跟牽豬哥一樣，把他趕去配種，他就真的照辦。「妳上次介紹那個羊角村的，也是說長得標致，身材又好，結果本人根本不是這回事。」「人家阿榮都沒在挑了，你挑剔什麼！又不是你要娶。」「就怕被妳騙去啊，之前還介紹一個帶了三支拖油瓶的，若不是我探聽清楚，阿榮早當了現成老爸了。」「想要找好對象，也要看自己的條件啊，歪嘴雞還想呷好米！」話說得太急，老太婆滿臉發窘，笑著對阿榮說：「沒啦沒啦，我是說我這隻歪嘴雞啦。」

歪嘴雞賣力地拉攏二人，來回奔波好幾次，不知浪費了多少口水，但最後還是被女方打了回票。我原以為阿榮會結屎面，沒想到他竟悠悠哉哉，好像解決掉一樁麻煩似的。「我原本就不想去相親，但是看她那麼熱心，實在是歹勢拒絕。」他話說完便哼起歌來，一副春心蕩漾的模樣。我問他是在爽啥？昨晚作春夢？豬價翻漲？還是中樂透？他卻笑而不答。

阿榮很愛作白日夢，想女人啦，想賺大錢啦，想要一個自己的家。豬舍裡的小房間太侷促，沒有廚房、廁所和浴室。沒廚房煮東西，可以到外面買現成的；沒廁所拉撒，可以戶外隨便找地方解決，但沒有浴室就……阿榮都直接在豬舍裡洗澡，抽水馬達一開，整個人就赤條條的洗起來，也不管左鄰右舍會不會看到。夏天洗冷水澡是通體舒暢，但冬天可就不是開玩笑的，老是擦身體也不是辦法，我都叫阿榮來我家洗熱水澡，但他實在是太見外，總不好意思來麻煩。

「你不來我家，嘸是要去恁那幾個兄弟的厝內洗嗎？」「哪有可能！」「你若去，他們肯定燒油鍋讓你洗。」「哪有那麼離譜。」「沒嗎？我還以為他們很討厭你。」「討厭啥？我又沒做不對代誌啊。」我實在說不出口，怎麼能跟阿榮說他的存在本身就不對呢?!他爸媽倒一了百了，雙眼一閉，兩腳一伸，一切恩怨是非全丟給他繼承。想當初，若是沒分家產給阿榮，也不會鬧得那麼歹看面，即便只是一間破豬舍，地產價值也不算少，過給一個沒在戶口內的，難免增添嫌隙。人哪，凡事都能瞌一隻目睭，唯獨跟錢有關的，免談。

豬舍裡多了兩盞保溫燈，一盞烘一窩初生幼豬。一個晚上兩隻母豬同時生產，忙得阿榮徹夜未闔眼，就怕豬仔白白折損。兩窩豬仔只夭折了一隻畸形的。我想起幾年前也曾夭折過一隻怪胎，小耳細鼻又無蹄，模樣活像個嬰孩。那陣子阿榮很古怪，整天都待在豬舍裡，陪著那些小豬仔，說也奇怪，他只看顧其中一窩豬仔，對另一窩卻不怎麼理睬，好像那窩豬是他的種，而另一窩不是似的。

阿榮幫那窩豬仔全取了人名，哪隻叫啥名他都分辨得出來，搞不好還想把牠們報進戶口裡哩?!本想說這情況只是暫時的，沒想到都過一個禮拜了，他還是一直窩在豬舍內，吃喝拉撒全在裡面解決，成了貨真價實的豬八戒。阿榮真的太不對勁，我直覺是被髒東西纏身，差點跑去請師公來作法，師公還來不及請，那母豬不知是太餓還是發什麼瘋，竟活活啃掉了好幾隻豬仔，有的剩顆頭，有的剩半個身軀，場面實在太悽慘，讓阿榮難過得嘔個不停。當天晚上，豬舍裡一盞燈都沒開，安靜得聽不到一聲豬叫。隔天，阿榮將豬屍清理乾淨，把那頭母豬轉賣掉，剩下的幾隻豬仔湊進另一窩裡，然後他又恢復成原本的人樣。我始終搞不明白那時阿榮是中什麼邪？好好的人不做，做什麼畜生？好在他清醒過來了。做人到底比做畜生好呀，雖然人跟畜生也沒啥兩樣就是。

阿榮最近又變得不太一樣，情緒躁動得像隻發情的豬公，人家要介紹對象給他，他竟然都阿莎力地直接拒絕，還時常跑去郵局寄東西，又不曉得在跟誰講電話，講得甜滋滋的。嘖嘖，發春的豬哥最容易上當了，我直覺他遇上詐騙集團，馬上拖著他要去警察局報案，沒想到他老兄竟笑我太多心，說他不是遇上騙子啦，而是在跟老婆通電話。一聽他這麼說，我二話不說立刻報警，所謂的鬼迷心竅就是這回事，但他卻一把搶下我的手機，說是真的啦！接著從口袋拿出一張照片，說：「這就是我老婆。」照片中是個濃妝豔抹的女人，擺出做作的姿態，笑得假假的。

「你們怎麼認識的？」「婚姻仲介。」「你怎麼會去找仲介？」「電線桿上有電話號碼，就隨手打去……」「她不是台灣人吧？越南？」「福建人啦。」「怎麼那麼像越南人。」「她會講河洛話。」「你確定講電話的是同一個人？」「仲介公司介紹的，應該不會有問題。」「仲介也有不少騙子呀。」「我不會被騙啦。」「說自己不會被騙的才最好騙。」「隨便你怎麼說，反正我就是要娶她。」

呿，真正是大憨呆，被賣掉還幫人家數錢的就是他這款人。算了，管他會不會被騙，總比娶隻母豬來得好吧。

那頭黑豬公連豬母都沒得娶，只能關在豬圈一直關到死。小鬼們放學路過總要來鬧一鬧牠。「蛋蛋好大顆。」一個個手拿棍子戳來戳去，笑得嘻嘻叫，我馬上把他們吼光光。阿榮太好欺負，連小孩也敢騎到他頭上，他若是那隻黑豬公，早晚被活活整死。他這幾天去大陸談婚事，豬舍托給我看顧，我可不能讓這些猴死囝仔亂來。

入冬後的豬舍臭味稍減，就算沒戴口罩也不會太難受，倒是低溫凍得人受不了。早上飼個豬，午後把糞便沖乾淨，傍晚再餵一次，加起來頂多兩、三個小時，其他時間就沒我的事，但我還是在豬舍裡守著，就怕賊偷有機可趁。

阿榮房門忘了鎖，本想直接幫他鎖上就好，但我的雙腳不知怎麼回事，竟逕自遛進了房裡。房內瀰漫複雜的氣味，外頭溢入的豬屎味、床被衣物上的汗味霉味、便當剩菜剩飯的腐敗味、垃圾桶裡衛生紙團的腥羶味，還有一股奇怪的焚燒味。我四處嗅聞，在角落找到一盆小火爐，真要命，他竟然在房裡燒炭火取暖，是嫌命太長嗎？雜七雜八的氣味全混成一塊，在密閉的室內不斷發酵，讓我腦袋昏昏沉沉的，像瓦斯中毒一樣。

我開啟電視，一入眼便是彩虹頻道，幹，腦袋立馬清醒無比，目不轉睛地看了大半天。我好奇地到處翻來翻去，桌底、櫃子後、床鋪間隙、天花板夾層……我知道這很不道德，但兩隻手完全控制不住，連地契和存摺也不小心搜了出來，還在床下找到幾個餅乾盒子，打開一看，全是女人的內衣褲，開第二個，全是沾有血跡的衛生棉，再開一個，竟然是兩顆女人乳房，假的，情趣商店買的橡膠假奶。電視裡一直咿咿啊啊，叫得活像殺豬一樣。我瞟了瞟床上那條捲成人形的棉被，腦中不禁浮現出阿榮幹棉被的畫面，嘴上噗滋一笑，心裡卻一陣悲酸。天哪，他就這樣獨自過了那麼多年啊！我把盒子放回原位，裝作從來不曾動過。

牆上貼著許多剪報，全是一家團圓的圖照，還有一張張阿榮繪在日曆紙背面的圖畫，畫中是一個家，一對夫妻，和一大群孩子，描摹出他夢想中的家庭生活。一磚一瓦一顰一笑全畫得跟真的一樣。我從不曉得阿榮這麼會畫畫，若不是桌上有張畫到一半的女人肖像畫，我還真不敢相信這些畫是出自他的手筆，同一雙手不僅養豬打手槍偷女人內褲，連圖也畫得如此厲害，我真的是太小看他了。那畫裡的女人我沒見過，但又好像有點眼熟，啊，對啦，不就是那個福建女人嘛！我把畫拿起來端詳一番，發現下面還有一張，是麵攤老闆阿秀，拿起來，底下又一張，是我帶他去光顧過幾次的私娼阿珠，還有賣魚的阿鳳、理髮店的阿麗、種菜豆的阿菊……畫裡的人全都一絲不掛。我反覆地拿起畫，一張又一張，像在抽牌一樣，沒想到最後抽到了鬼牌……呵，竟是我老婆！恁娘哩，真看不出來阿榮這臭豬哥在肖想我老婆！我並不介意人家肖想我老婆，反正我也常肖想人家的，等阿榮娶到老婆，我也要肖想個夠！

春天快到了。豬舍旁的空地上忙著蓋新房，砌砌搭搭聲從早響到晚，趕著在娶親前竣工。房子完全按阿榮畫裡的樣式來打造。「兩層樓透天厝。一進門是客廳、主臥房，最底是廚房；二樓則是神明廳、兩間臥室，樓上樓下各有一間浴廁。頂樓陽台可以種點花草，養些鴿子……」阿榮在藍圖上比來比去，一直叫我看這裡看那裡，殊不知我早就已經看過了，而且看得比這還多。他興奮得滿臉通紅，像豬八戒快得道成仙一樣，整個人都快爽上天了。建築工慫恿他再多喝一點，他便將威士比一杯接一杯灌進喉底，一輩子沒這麼海派過。「爽快啦！」我知道對他來說，這不單是蓋棟房子而已，最重要的是，他終於要有自己的家了。

阿榮從未有過自己的家，老爸是別人家的老爸，老母之後也變成別人家的老母，而他則在好幾個別人家漂流，從這一個別人家，到另一個別人家，來來去去，就是到不了自己的家。他曾待過歹心的人家，每天給他吃剩菜剩飯，像在餵餿水似的，就只差沒把他關進豬籠裡。別人家不是自己家，他只好自己造一個家，撿些小動物當家人，細心寵愛，再一腳踢開；他喜歡這種掌控的感覺，讓他覺得自己並非無能為力。

「我不想當蝸牛，殼裡好孤單，我想要當麻雀，有親人一起作伴，一起生活。」阿榮說他小學作文寫過這樣的句子，題目是「我的志願」，老師要他重寫，但他原文交回去，只把題目改成「我的家庭」。「我的家庭真可愛，整潔美滿又安康……」他一喝醉就唱這首歌，每次唱每次嘴軟，現在終於可以理所當然地唱了，也不用自己開口，直接生一票小豬八戒，讓他們天天唱給他聽。哈。

阿榮娶老婆的消息傳遍全村，有的人大聲喊好，有的人冷眼看衰，唯一的共識是，他們全都想不到阿榮送了半輩子的紅包竟也有輪到自己收的一天。真是天落紅雨了，有人說。他那幾個同父異母的兄弟也合包了一份。我笑說裡面該不會裝冥紙吧？不，是貨真價實的大鈔，阿榮說。紅包當然是托人送來的，沒捎帶什麼話，但彼此心裡應該有數。我猜大概是那個老三自作主意吧，也可能是老五，還是老大？他們幾乎長得一模一樣，我根本分不出誰是誰？這齣戲我看了那麼多年，也搞不太懂他們關係是好是壞？表面上漠不關心，私下又愛探聽對方的消息。

春天，來了，儘管遲了好幾年，終究還是來了。阿榮的春天不叫春，叫秋。阿秋。年紀小阿榮一大輪，長髮，圓臉，身高有點高，體重不算重，目測D罩杯。阿榮這隻豬哥尚愛D，配伊是真正速配。

「多少錢？」「什麼多少錢？」「恁那個福建某啊。」「你是在說啥啦?!」「聘金啊，聘金不是錢嗎？」聘金加上新房，還有兩地的婚宴，他存了好幾年的積蓄大概全下了。「你講得親像買春同款。」「其實也差不多。」「差不多你的大頭啦！」「都是花錢買爽啊哈哈。」「買啥爽，你日子甘有過較爽？」哇哩勒，我當場變啞口，眠床上是很爽沒錯，但下了床可就不太爽了，只是不爽也要裝爽，我可惹不起我家那隻虎霸母！「哪嘸爽，爽得都快上西天了。」我說。阿榮聽了哈哈大笑。「你免笑，很快你也會過得爽歪歪！」「阮某又不肖虎。」說的也是，阿秋大概肖羊，個性溫順沉靜，卸了妝完全是張老實臉。「卡小心哩，誰知羊皮裡躲著什麼？」我恫嚇他說：「這我可是過來人，連小貓都能變猛虎，誰敢保證綿羊不會變大野狼?!」阿榮一副不置可否的模樣，算了，他正喜事當頭，就算澆冷水也覺得爽快。

我總習慣把人想得很壞，暗自揣想這大陸婆該不會有啥目的？時常冷不防拋出個問題想讓她露餡。「哪裡人？」「福建啊。」「家裡做啥？」「種田。」「種啥？」「茶。」好吧，問不出什麼東西。我心想種茶？種茶改飼豬，好像也沒有比較好過吧？我問阿秋怎會願意嫁給養豬的？這位大姊竟然答說：「養豬好啊，人人愛吃豬肉，我也愛吃。」這是什麼話？難不成愛吃雞就嫁給養雞的，愛吃牛就嫁給養牛的嗎？我嘴巴上虧她幾句，耳朵當然聽得出她在護著阿榮，心裡因此對她更有好感些。我不得不承認，這女人還挺不賴的，不嫌臭也不嫌髒，每隻豬都摸得一清二楚的，短短幾周就搞熟豬舍裡的大小事，像採精、配種、拔幼豬牙都慢慢上手，嘖嘖，搞不好哪天連閹豬，喔不，連宰豬也沒問題哩！

阿榮婚後完全變了一個人，變得更加有氣魄，大概娶了老婆卵趴就長出來了，愈來愈帶種。以前不管做什麼都是由我帶頭出主意，現在阿榮愈來愈有主見，甚至為了在妻子面前逞威風，三番兩次跟我唱反調。呿，果真是隻豬八戒，下面的小頭一充血，上面的大頭就不聽使喚了。這陣子我約他去爽一下，他想也不想就一口回絕，還假正經勸我不要再亂搞，免得什麼什麼的。我問他什麼是什麼？他說你回家就知道什麼是什麼了。

「裝痟ㄟ！」我邊罵邊滾回家。「餓鬼假細禮，我看他能嘴硬到什麼時候？」這下好啦，阿榮不去，我也沒得去了，每次我都唬弄老婆說我是跟阿榮一起去養豬協會，她每次都上當，再騙應該也還是會上當吧，不然我偷偷溜去好了，但我擔心豬八戒會扯我後腿。這隻死豬哥，有了老婆就忘了兄弟，呸，算了算了，懶得跟畜牲計較，否則豈不顯得我氣量小，我最厭惡被說小了，就算小也要裝大！大膽、大器、大尾，一切都大、大、大！大富大貴，人家說聽某嘴就大富貴，我可是聽話得很，嗯，好啦，是裝作很聽話的樣子。阿榮以前常笑我是某奴，現在他自己還不是一樣，老跟在阿秋屁股後頭，凡事對她言聽計從的，錢也全數交給她管。是說這也好啦，他這人耳根子軟，心更軟，人家向他借錢也不會拒絕，借了又不敢討，白當散財童子好多年，謝天謝地，如今總算有個老婆能幫他擋，擋菸擋酒擋漏財，擋那些阿哩不達的豬朋狗友。

一輛運豬車停在豬舍外。小貨車改裝成的大豬籠。上下兩層，籠內塞滿受驚失禁的豬仔，瘋狂地吱吱叫。阿榮的豬舍規模太小，偏偏他的母豬比別家的還會生，常常一胎便將近二十頭豬仔。三不五時就有人跑來請教他怎樣才能產出那麼多豬仔？「應該是豬母吃……應該是豬公要……」他總說不出個所以然。豬仔生得多又養不下，只好把一大半早早賣掉，這時候阿隆就開著他那台運豬車來啦。

阿隆住鄰鎮，家裡也是養豬戶，只是規模比阿榮這破豬舍大得多，少說有上千頭豬，主要都是些肉豬，大半是向人收購來的豬仔，養大養肥了再出售。阿隆長得英俊又高壯，有點混血兒的樣子，若說他是藍瑞斯豬種，長得漂亮、勻稱，那麼阿榮便是桃園豬種的黑豬公，體態肥短，長相也不好看。

豬舍裡一陣騷動。阿榮爬到豬床上抓豬仔。他俐落地往豬後腿一撈便遞給我，我緊接著傳給阿秋，她再傳給阿隆，由他塞進車籠裡。籠內已經大爆滿，阿隆卻有辦法一直塞，再一隻，又一隻，一隻接一隻，像魔術師變戲法一樣，就算要他把整座豬舍全塞進去大概也沒問題！阿秋看得目瞪口呆，一臉驚異地對著阿隆笑，搞得他有些得意，差點把自己也塞進去。阿隆跟阿秋年紀相近，長相也匹配，看起來倒比較像一對夫妻。兩個人隨意談笑幾句，感覺還挺合拍的，不認識的還以為新婚的是這一對哩。

阿榮瞅了他們兩人一眼，儘管只短短一秒鐘不到，我還是察覺到他眼裡一閃而過的妒火。哎喲喲，我只看過他吃豬的醋，吃人的醋這還是頭一遭。他對阿隆的態度變得冷淡起來，連杯茶也不請，客套話也懶得說，就趕著打發他回去。整車豬仔吱吱聲漸漸駛遠，阿榮卻還一直站在原地，不知在想什麼？有一頭藍瑞斯種豬正在發情，對著阿榮嚼得滿嘴白沫。他瞟了一眼，火大地朝牠啐了一口。

阿秋是個正經女人，但村裡的其他男人可不正經。每當她在村子裡走動，那幾根老菸槍就不三不四起來，說什麼真想來一下試試看大陸貨好不好用之類的，一路東扯西扯，扯到什麼一夜七次還八次郎的，打打嘴炮而已，男人不管什麼炮都愛打，除了打麻將放炮以外。

阿秋很愛到處撿便宜，雞價下跌就去養雞場撿雞仔，菜價崩盤就去菜田撿高麗菜。「果真是寶島，啥都有得撿！」她說。「歹價才讓人撿，平常可別亂撿，小心撿進警察局。」我說。阿秋東鄰西里南村北鄉的跑，常常看見阿榮騎車到處找她，好像她還是三歲小孩一樣，有時她手機沒接沒帶，便聽見阿榮用村裡的放送頭大聲廣播她回家。真是黏涕涕，比鼻涕還黏。

阿榮很愛把阿秋留在家裡，外面的痟豬哥防不勝防，彷彿給人一點遐想都會吃虧似的，也不知道是不是養豬養久了，阿榮習慣把所有東西都關得牢牢的，不管是畜牲還是人，唯有關在自己家裡才能真正安心。

阿榮新家還算挺舒適的，除了豬屎味有些掃興之外。我常往他新家闖，幾乎當成自己家一樣，冰箱一開就吃，馬桶一坐就拉，有時候多喝兩杯，沙發上一癱就直接過夜，其實我是醉翁之意不在酒，巴望著夜裡能聽到他倆什麼動靜，卻老是落了個空，睜著兩隻貓熊眼回家，馬上被老婆罵厚臉皮自己有家不睡偏要去睡別人家。「別人家比較好睡呀就像別人老婆比較……」這話說出口我就死定了。我乖乖閉著嘴，不敢吭一聲。

豬飼料廠的業務幾乎每個月都會來一趟，跟阿榮這些養豬戶泡茶閒聊打關係套交情。業務員穿得西裝筆挺，人模人樣，肚子卻大得跟豬沒兩樣。幾個人開口閉口全是豬，像是豬價漲跌啦，種豬拍賣消息啦，豬飼料推銷啦，還有賽神豬。

「聽說隔壁鎮的阿隆飼一隻豬公上千斤，準備要參加今年的比賽。」「他不是常常參加。」「拿過兩次特等、三次壹等獎哩！」「阿榮你那隻黑豬公飼這麼肥，不去拿個獎回來實在是可惜吶。」「他才不忍心讓那隻寶貝豬去送死哩！」「什麼送死不送死？最後還不是難逃一死。飼豬不殺是要飼到成精是否？」「那隻黑豬公若早一、二年去參賽，還有本事爭個伍陸柒捌等獎，可惜啊，現在都瘦了一圈了。」「趕緊灌食應該還來得及……」

阿榮才不理他們的慫恿，只當作是耳邊風在呼來呼去。他深信這隻黑豬公是有靈性的，否則怎會三番兩次入夢來？他曾信誓旦旦地跟我說，他養的母豬之所以比別人的多產，肯定就是這隻豬哥爺在庇蔭！我心想豬哥爺連母豬騎都沒騎是要怎麼庇蔭啦？晚上會作那些怪夢明明是他那顆豬腦袋白天想太多的緣故。為什麼想太多呢？因為他心腸不夠硬，把一隻豬養大養肥養得不成豬形實在是太狠心的事啊，為了一塊屁獎牌要昧著良心他才幹不來。

「阿隆那隻豬飼得像顆肉球，動也不能動，只剩一張嘴不斷吃吃喝喝。」「今年的特等獎鐵定又要讓他拿下了！」「可不是嗎，有誰拚得贏他？飼豬像在灌水泥一樣！」「唉，什麼都比不上人家，連飼豬也飼輸人，真正是……」阿榮眉間搐動了一下，儘管不愛與人比評，也不愛跟人爭搶，但誰心底不盼望風光？若只是為了自己，他根本無所謂，但若是為了自家，就算要他往死裡拚也毫無怨言。「那塊獎牌用來裝飾厝內一定很氣派！」不知哪個多嘴添了這一句。

曬場上滿滿是阿秋撿來的花生。我才幾天沒來，竟撿了這麼一大堆！前幾個禮拜家中雜事多，一下子誰掛病號，一下子老婆娘家誰又掛點，好不容易忙完，上門來竟發覺那隻黑豬公大了一號。「你是飼沃樂肥還是給牠灌氣膨風？」阿榮鳥都不鳥我，逕自塞一根管子到豬嘴內，把打成爛泥的食物死命地灌進去。黑豬公愈來愈肥，阿榮卻愈來愈消瘦，活像被豬精纏身。「你是不是頭殼壞去了？這隻黑豬公你不是……」他叫我不要多嘴。「你到底哪根筋不對？」「我就不信我會輸給那傢伙！」

我進屋裡找阿秋，東找西找，沒找到人，不知又跑去撿啥？我只好跑去麵攤打聽一下，順便點了碗肉羹吃，羹裡反常地加了洋蔥。老闆阿秀說那是阿秋撿來給她的，最近她時常往隔壁鎮跑。「去撿洋蔥？」「不，去看大豬哥。」「大豬哥她自己家不就有？」「人外有人，豬外有豬啊。」我大概猜到了是阿隆那頭豬。奇怪，養神豬不是忌諱外人看，阿秋怎看得到？我才剛這麼想，馬上看見她騎車過去，正想喊住她，當場被狺吠聲打斷。路邊兩隻公狗為了爭母狗纏鬥成一團。「這些畜生！」阿秀邊罵邊拿著掃把跑出去。

阿榮一個勁地飼神豬，把黑豬哥豢得日益肥碩，就在體重快突破一千台斤的時候，他病倒了，查不出病因，在床上躺了好幾個禮拜。說也奇怪，一停止灌食黑豬公，他日益消瘦的身軀就開始復原，最後甚至不藥而癒。

「做人還是不要太勉強自己的好。」我說。「不勉強自己是要怎麼做人呢？」阿榮說。「人有百百款，這款人不好做，那就改做別款啊。」「人哪有好做的呢？還不如做畜生，畜生較好做。」「別說憨話了，還是睡一覺吧。」「不睡了，一睡就亂作夢。」「夢見那隻黑豬哥？」「不是，夢見我和小時候的自己，一起被關在豬籠裡。」

阿榮終究不是當狼心狗肺的料，於是到了中元賽神豬的時日，那頭黑豬哥便缺席了。會場上豬隻一字排開，全是狼心狗肺的成果，尤其是阿隆的神豬，出奇的暴肥，簡直到了天理難容的地步，將近，我的天蓬元帥啊，將近兩千台斤哪！與其說那是一頭豬，不如說是一團大肉瘤，一坨被人強暴後誕下的畸形怪胎。一群人簇擁著阿隆，恭喜他又奪了特等獎，順便討教如何養出巨無霸神豬的祕訣。

「哪有什麼祕訣呢！」阿隆說：「不過就飼料加魚肉加雞蛋嘛。」「我們也都這麼餵啊。」眾人你一言我一語。「但都養得沒你豬肥。」「快講啦。」「你想留一手是吧？」幾十個人圍逼著他講。「好啦好啦，還有就是，其實也沒什麼，就……就餵豬肉呀。」餵豬吃豬？每個人都閉上嘴，但下巴全掉下來。「這……行得通嗎？」有人打破尷尬地說：「買豬肉又要多花不少錢吧！」阿隆一臉得意地回答：「不用買啊，我豬舍裡多的是豬。」所有人面面相覷，假裝沒聽到似的一哄而散。

我馬上跑來跟阿榮講這件事。他無精打采的，說自己很沒用，我說你很有用，不信你去問那隻黑豬哥。「我連塊獎牌都拿不到。」「獎牌有良心重要嗎？」「我什麼都做不好。」「你很有用，真的。」「有用阿秋就不會不要我。」

阿秋離開了，她抱怨阿榮太神經質，每次她一出門他就疑東疑西。我叫她多體諒阿榮吧，畢竟他小時候……她馬上打斷我，說那誰來體諒我呢？「我實在受不了他那些癖好！你知道嗎？他在豬舍搞那些……然後再跟我……難不成我是豬嗎？」她像在演八點檔一樣大吼大叫：「他甚至想把我關在家裡不讓我出門像關畜生一樣呢！」

村裡有人在鄰鎮看到阿秋，我叫阿榮去把她帶回來，他卻像隻去勢的豬公，消沉又落魄地說她要回來自己就會回來。「那你準備改娶隻母豬吧！」我說。

春天走了。西南季風停了。秋天卻一直沒來。阿榮又過起獨身日子，每天除了餵豬餵自己，啥事也不做。我每天都會去探他一趟，經常看見他家門口有人在東張西望，等我快走近，馬上一溜煙不見。是阿秋嗎？有次我刻意躲在草叢守候，果然讓我逮個正著，是阿榮他同父異母的兄弟。「不進去看看他嗎？」「改天吧。」說完馬上跑走，手上的水果也忘了給。

阿榮變得愈來愈孤僻，新厝空著不住，又跑去窩在豬舍的小房裡。有天我才剛踏進大門，就聽到新厝傳出豬叫聲，走近一看，驚見裡頭大豬小豬滿屋跑。我立刻跑到豬舍找阿榮，推開小房間的門一看，床上竟躺著一隻大豬哥。

「阿榮?!」喔不，不是，是那隻走運的黑豬公。我在空盪盪的豬圈裡找到阿榮，他倒臥在鐵欄圍起的豬牢內，沉沉地作著眠夢，自己一個人，孤獨地，安詳地，躺成一個囚，睡成一個家。

守鰥

魚腥味，滿屋子，陰魂不散。一樓大門外就能聞到，那魘人的氣味，自五樓溢出，上下流竄整棟大廈，如夜裡迴盪的唱戲聲，直搗心竅。

「蘇三離了洪桐縣，將身來在大街前，未曾開言我心內慘……言說蘇三把命斷，來生變犬馬，我當報還……」天雨墜，銳似針，刺破傘，穿透眼。五樓陽台站個女人，眈眈鷹視樓下的他。

他一步步踏上階梯，我緊跟著數步伐。六層樓的老公寓，樓梯間陰暗潮濕，罅裂處漏水生黴，牆面斑駁漆落；空氣中細塵漫飛，扶手積了層灰垢，地上老浮著幾坨痰沫；哪戶的冷氣嗡嗡呻吟，誰家的電視哼哼鬼叫，幾台洗衣機同時呱啦呱啦大吐牢騷，夾雜一把強身健體的嘿嘿喝喝聲。他一層一層往上爬，我把這一切悉數踩落，踏到腳下十八層去。

五樓就一戶人家，另一戶早搬了，樓上兩戶也是，能搬的都搬了。他杵在門口，撈鑰匙撈個沒完，攪得褲袋噹啷響，彷彿拌久一點，就能掏出別的：一隻兔子？一大串絲巾？或是，另一段人生？每日返家，總要在門外絆一陣子，像進不得屋似的，直盯著門楣上那張發黑的符紙看半天。

一進家門，那要命的味道便附上身，甩不掉，掙脫不了。十多年，沒再煮過一次魚，連魚罐頭也禁了，腥味卻愈來愈窒人。早習慣這氣味，只是日子久了，自己的味道都沒了，愈來愈聞不到自己。一頭短髮，兩鬢剃成三分，刺青綴身，五官穿環，板臉不苟言笑……

關上家門，把一疊信件帳單目錄扔到桌上，再壓上一袋早餐，邊走邊蛻襯衫和褲帶，不忘瞄鄰房那人一眼。時針逼近十一點，郵差剛送達信的時刻；人還死賴在床上，一襲厲鬼似的連身紅洋裝，活像一尾金目鯛，被擊昏在砧板上。

菜刀在床頭櫃，冷冷瞪著。滿地酒瓶，散落如屍塊。天雨歇，日焰蔓入，在刀鋒割出一抹光，劃不亮她身上重重暗影，只燎起臉上的紅妝。

隔壁房門才闔上，床上的人就醒了，像算計好似的。紅洋裝爬下床，隨手抄起刀，踢掉酒瓶，踱去撒泡尿，灑得整間浴室都是。垃圾桶內一團血棉，殷紅怵目，猶嗅得一股溫熱芬苾。她對著鏡子發愣，一臉失魂樣，彷彿鏡裡的人不是自己，隨即扭水龍頭搓肥皂泡抹面，洗出兩道粗眉、滿嘴鬍渣和一張粗糙坑疤的臉皮。「蘇三離了洪桐縣……」啟口唱一句，又匆匆打住；一嗓低沉男聲，怎麼唱也唱不成蘇三。

蘇三怨聲穿透牆，迴盪烏黯的房內；房間窗簾掩得老緊，比死人的牙關還緊，一年到頭不見天日。他臥在床上，輾轉反側，終究難眠，熬了一整夜，還是熬不夠。黑暗螫人，點盞小夜燈防身，昏黃幽光洩漏軀態，近乎一絲不掛，僅餘一件內褲，裹妥棉片，抵住腹下的潮湧。「媽的，真倒楣……」話聲呢喃似夢囈，卻字字扎實，直指夜裡碰上的鳥事，不外乎奧客刁難，賊偷惡搗，更糟的匪劫也遇過；對他來說，都不算什麼，但若換成她，可就算什麼了。

紅洋裝脫下，套入衣架掛好，換上短袖衫和尼龍長褲。他僅有幾件舊衫褲，出獄後也沒添過新衣，發皺了仍將就著穿，磨損破洞也無妨，早無所謂旁人眼光，橫豎怎麼穿都不成人樣。

他一邊吃早餐，一邊翻看信件，大多是寄給阿喬的，他的只有一封，拆開一看，照樣只有一紙剪報。這樣的信揹了一年多，每星期來一封，且總是周四寄抵，信上並無表明來處。

他取走自己的信，留下阿喬的，桌上愈積愈多，一個又一個喬字，像無數個陌生人，睜大眼死盯著他瞧。他從未喊過他阿喬，甚至很久沒喚過他，以前都叫她阿嬌；但她嫌嬌字俗氣，娘味也不合意，成年後自己作主，把女字旁去掉，改嬌作喬。

阿喬還醒著，假寐竊聽房外動靜，緊貼那人的氣息，揣想一聲一響的弦外之音，直到兩道門鎖喀啦開啟，鐵門重重一聲匡噹，把父親關上，他才能安然入眠；但他非起身一趟不可，到陽台上目送父親離去，確定真走遠了，再躺回去繼續睡，或者不睡也可以，把藥扔進馬桶裡就行；心裡拉扯一陣，還是乖乖服藥補眠，以免精神不濟，氣色大異，惹來女友叨罵碎念。

「你不要命了嗎？想把肝搞爆是不是？如果想自殺，麻煩死遠一點，不要死在我店裡！」她很愛來灑狗血這套，可是他不喜浮誇的演法，且他也從沒這麼想過；雖然常覺得活著跟死了沒兩樣，難過的日子也比好過的時候多，但他還是硬撐著一口氣，只為了母親嘴裡沒嚥下的那口。

這麼些年，一日一眠，母親卻未曾入夢來。他且許久無作夢，或許日夜皆有夢，但一轉醒就消佚無影，一絲餘痕都不留。

他知道，母親其實一直都在，就在客廳地板上，靜靜躺了十幾年；頭朝大門，雙腳擱在半路，只差一步，就能走出去了。早晨他下班返家，她在那裡迎他；夜晚他出門上班，她也在原地送他。日復一日。

他小心翼翼跨越母親，切莫失足踩亂她的存在，儘管那只是一道畫出來的虛白人形，一旦定格成記憶中的最後一眼，就再也抹不掉了。

客廳燈光閃。每閃一下，燈管就激起一響細微音聲，像是有人在說話似的。「陽台的衣服記得收。」「瓦斯關了嗎？」「出門小心騎車喔！」「早點回來……」

閃來，閃去。不論重換多少支新的都一樣，依舊時不時滅了又亮，亮了又滅；有時閃幾次就恢復正常，有時整晚閃不停，像惡作劇耍個沒完。阿喬索性把燈開著，讓它閃個夠，趁魚腥味加劇之前，早一步走出家門。

向晚時分，樓梯間亮了燈，卻更顯陰沉慘淡。他一步步踏下階梯，我緊跟著數步伐。一扇扇鋼鐵門柵緊閉，封死耳目口鼻，不露一絲生氣，彷彿一晃眼，一閃神，整幢大樓就要渙散成廢墟。他才不在乎這世界廢不廢，就像這世界不在乎他有多廢一樣。

樓廈裡多是租賃的房客，一大票生面孔流來轉去，不是貪小便宜的上班族，就是怕窮勝過怕鬼的大學生，只有兩、三戶是多年老鄰，老死不相往來那種老。二樓又開始嘿嘿喝喝，早晚各一次，搞些貪妄益壽延年的招數。喊叫聲響徹大廈，想充耳罔聞都難；今年初才冒出來的，不知和那戶人家什麼關係？他見過此人幾回，一張樸實老臉，帶著土氣，約莫從鄉下來投靠的也說不定。

地上積雨仍未消退，幾星期斷斷續續的落，遲遲捱不到天乾地燥之時。眼見天穹無星月，他猶豫是否該先套上雨衣，免得半途成了落湯雞；腦袋還轉著，身軀下意識跨上車，褲底立時一片濕涼，冷意沁入皮肉骨，卻澆熄不了內核的沸熱。

上班地點離家不算太遠，車程只需四、五首歌的時間，雨天慢行則再添兩首。有時他會刻意繞遠路，把手機裡的歌駛過一輪，只為擺脫同樣的風景，享受短暫偏離軌道的自由，就像逃亡一樣，也試過逃得更遠一些，但最後總會被那股魚腥味再拉回來。

他把車停在超商騎樓下，進去要一包七星，跟中班同事瞎扯幾句，再上樓找女友。「歡迎光臨。」臨字腔調往上揚。「謝謝光臨。」造作到極點才上道。但他辦不到。上大夜唯一的好處，就是不必擺出假掰姿態；逞臉皮賣笑免了，討好的嗲聲嗲氣也省了，只管睜大眼，守好一屋光亮，把漫漫長夜熬完就是。

「回去有睡嗎？」女友開口便問。「嗯。」「真的？」「還能假嗎？」「叫你在這睡偏不要，非得兩頭跑才甘願，真是……」「總要回家一趟呀。」「何止一趟哪，你就那麼愛當孝子啊？」「我沒機會當了，妳才應該回去，好好當一當。」她不作聲，話再多也不作聲了。他只好自己出聲：「肚子餓了。」

她從冰箱取出兩盒便當，昨日從店裡清回來的報廢品。食物一逾賞味期，就只能扔了，或捨給別人，或自己解決；不過才剛到期，勉強還能下肚，扔掉太可惜，送人又不划算，只好自個兒拚命解決。

「每天老是吃這個，不短命也難。」阿喬說。她使個白眼，轉身作勢要再放回冰箱裡。「等等，比起命變短，我更怕命太長。」於是她又轉回身，把便當放入微波爐，只是不管怎麼烹，都已注定走味了；但他無所謂，至少，還能吃出一點餘味，只要一點就夠了，活著其實就僅需這麼一點。

晚餐後，兩人關掉手機，拋開繁雜人事，共享兩、三個小時；膚淺地嬉鬧，說蠢話，幫對方洗澡，愛撫身體，在床上翻來滾去；兩個人緊貼在一起，僅僅只是貼著，就能進入對方，且比什麼都探得更深，如雙魚交纏，鑽入彼此身軀，讓彼此燃燒……慾火愈燃愈旺，場面愈演愈烈，而我始終冷靜旁觀，好似這把火永遠燒不著我。

一個稱職的演員，要能看得到自己；不只投入而已，也要會抽離，觀看自己的演出。我很早就學會抽離，甚至時時都在抽離，這樣才能一直看著自己。此無關自戀，亦非精神分裂，純粹是想把自己看得更清楚，以防日子活得不清不楚。

阿喬一天之中最清楚的時刻，從子夜十一點開始，一直到早上七、八點；有時顧客多，幫忙支援，延宕至九點亦難免。眾人最昏沉的時段，卻是他最清明的時候；說來可笑，唯有為別人活著，他才可以活得很清楚。

一換上制服，他的面目就模糊起來，與這盆地成千上萬超商店員統一樣貌；life一點也不ＯＫ，整日忙累透頂，賺的還不夠養全家；難以被他人看重，輕易就能給取代，活像一隻工蟻，勞碌，廉價，只能服從，沒有自我。

門叮咚一聲開啟，濕漉的腳印踏出兩道汙痕。男的隨意拿了壽司捲和啤酒；女的揀四挑三，快到期的不要，熱量太高的也不行，拿起來看一看又放下，如此重複好幾遍，末了選定無糖豆漿。兩人離開後，他拿來拖把，將地上的腳印抹掉；才剛清理乾淨，就有顧客上門；每拖好一次，又馬上被踩髒；踩了又拖，拖了又踩；後來更湧入一票飆車族，把潔白地磚徹底踱成一灘爛泥。

「媽的，一群王八！」他一邊在心底狠狠臭罵，一邊不動聲色幫十幾個人結帳。一夥人淨盯著他的手看，看他刷條碼，收錢找零，給發票和點數貼紙，始終沒正眼瞧他一眼；也對，誰在乎他長啥德性，懷抱何種過去，又夢想哪款未來？

一隻工蟻能有什麼未來？但他確實夢想過，在大學時代，曾想當一名紀錄片導演。平日他就愛看紀錄片，尤其是動物頻道那類；兩眼瞪著那些獸物，讓自己化身虎狼，嗜血，殘暴，以彌補現實生活他只能當牛羊任人宰割的不平。他甚至妄想過把自己拍成紀錄片，但他害怕真把自己拍成了一頭牛羊，於是多數時候他還是選擇拍別人，大半是偷拍，攝下日常各種光明與陰險的片段。

他覷一眼店內監視器，心思停擺片刻；假如他當初沒休學，或許早拿到獎學金出國，成為一個理直氣壯活在鏡頭裡的人；但他不後悔，也不能後悔，因為這是他選擇的人生。

空無一人的寓所，夜夜傳出唱戲聲；唱出了名聲，眾口相傳頌，十條街巷內無人不知，鬧得人心魅影幢幢，連媒體也趕來捕風捉影，撈幾聲鬼叫。

「那棟公寓不乾淨，莫靠近……」附近居民說。「五樓那戶不乾淨，別上去……」樓下房客道。阿喬無畏人言不乾淨，逕自走入不乾淨的公寓，踏上不乾淨的五樓，打開不乾淨的兩扇大門，進去不乾淨的住家，讓自己徹頭徹尾變成一個不乾淨。

在他搬回來之前，這屋子已荒置了六、七年的時間，屋內積了厚厚一層灰塵，淹沒熟悉的一切物事，除卻客廳地板上的一道人形。他返家第一件事，便是立刻買來白漆，把那道人形描深，畫皮，刻骨，入魂，將母親從虛無中拯救出來。

每日下班，等父親出門後，阿喬就躺到客廳地板上，陪母親一同安息。我站在一旁導，而他負責演，演成一個死人，儘管毫無死意，仍乖乖閉上眼，彷彿也化成一道人形。他靜靜地安眠，一面回憶生前的模樣，一面想像死後的世界，連帶召喚起那無數個午寐夜寢，她倆一起擁有的時光。

一隻手，無中生有，溫柔撫掠他頭頂。他驚醒過來，像錯失了機運，久久不敢再闔眼。白晝捻熄，蠟燭點亮，在地板攤開黃紙，放上小碟子，藉由指尖，連結彼岸他界。燭光昏幽，恍若磷火，惑人心眼。時空凍止，只剩碟子緩緩移動，漾起些微震盪，彷如石破天驚。濛昧間，似乎真有另一隻手，按住碟子，尋路般兜來轉去，在字陣中遊走，牽引他，前往不可見的她方。

「叫我媽媽，好嗎？」女人渴求地說。「媽……媽？」「對，從今以後，我就是妳的媽媽。」女人俯身，擁抱，從此融成他生命的一部分。當時的自己，是什麼表情？細節記不得了，回憶全糊成一片，連兒時模樣也漫漶不清。他以為記憶一旦失去，便是一刀兩斷，沒想到某日早晨，看見那女孩走進店裡，逝去的又重新顯靈，給他一記回馬槍。

女孩年紀約莫小六，隨手往架上掃了三大袋食物。東西由外傭提，而她付款，兼繳手機帳單，俐落掏出幾張大鈔，神態自若如常，好似已演練過許多次。他身上從沒帶那麼多現金，提錢也僅領一、兩千，且只有郵局提款卡，連半張信用卡也無，更別說在女孩這年紀，手抓一把鈔票，點鈔點得像個老油條，這根本不是他的命。

女孩臉形瘦長，淡眉細眼，兩耳招風，薄唇上的鼻子倒是挺的；模樣讓他想起某人，許久未見的某人。「不用找了，零錢我不要。」她說著睨他一眼，隨即轉頭走人。他手裡緊抓著電信帳單，紙上熟悉的名字死咬住他不放。

時間列車轟隆隆輾過眼前，美好的與醜惡的片段全糾在一塊。人生若能像電影一樣剪接，裁掉多餘的段落，只留下自己想要的，那麼，他會截頭去尾，把一大段都剪掉，僅存留小學期間的四、五年時光，反覆重映個幾十年，直到現世完結為止。

時間難倒轉，過去的終究過去了，有一天自己也會過去，沒有什麼不會過去，更沒有什麼過不去的；阿喬常常這麼想，想些勵志書上啃來的字句，想完又覺得根本是放屁。想歸想，做歸做。他還不願過去，至少現在不能，得把該做的事做完，否則他一輩子都過不了。

他開始試著做些什麼，例如，給父親煮點東西；每晚出門前，弄好一碗簡單的麵或粥，全是素的，非素不可。我指引他，為父親洗晾衣物，將房內酒瓶收拾好，替換床單和枕套，添上幾件新衫褲，就像母親以前做的那樣。我指示，他照辦，再怎麼做不到，也全都幹得了。

梳妝台上潔淨無塵，日日皆清拭一遍；先把物件一一拿起，眉筆、粉餅、口紅……擦拭好台面，再逐一放回原位。鏡中人冷冷瞪著，他迴避不了；儘管不愛照鏡，偶爾還是如著魔般，直盯個把鐘頭，一臉驚魂樣，彷彿鏡裡的人不是自己。

阿喬跟父親一點也不像；父親臉形又大又方，眉眼深邃，塌鼻，厚唇，和他完全是兩個樣。他臉上且穿了環；母親去世幾年，他就穿上幾枚。頭一次即穿了七環，把七年份補齊，往後每年固定一個，總是挑在忌日，穿洞銘記，以此為祭。

附近傳來施工噪聲。西側摩天大廈黑影重重壓落，還不到黃昏就已經整個昏了；東邊工地不久亦將冒出高樓，以後的黎明恐怕也難再明了。舊的一棟棟拆下去，新的又一幢幢立起來，砍掉重建，建好重砍，生死輪迴得輕而易舉。黑影不斷擴散開，如一場文明病疾，侵越城居生存界線，一寸寸吞噬，一步步朝這棟舊公寓進逼。

「你家打不打算出售啊？其他幾戶都點頭了，就差你們這一戶啦！」幾個婦人在一樓攔住阿喬，審問似的七嘴八舌連番發話。「拜託行行好，別怪我們太現實，好歹也替我們想想吧。」「就是說。不想揭你們傷疤，但你家鬧了那種事，打壞整棟公寓的風評，叫我們怎麼待下去？」「對呀，租房的人愈來愈少，就算租也租不久，好不容易有人要收購改建，你就……喂，別走，聽我講完哪，喂！」

一字一語，像巴掌往他臉上甩。「賣？」他吐出這個字眼，卻如同朝自己吐出一口痰。「開什麼玩笑！」他兩手握拳，一副隨時要揮出去的態勢，邊走邊喃喃自語：「別作夢了，我要一輩子守在這裡，守到死為止，死了骨灰也要納在這屋裡。」他騎上車，轉頭回望老公寓，看它漸漸陷入黑影中。「媽的，我絕不會讓你們得逞的，誰都別想拆散我們……」

寅夜時分，靜闃得過分老套，比廣播裡吟唱的老歌還老。路上人跡零落，夜貓子卻沒少，一隻隻趨光而至，略去叮咚聲，直探架上物，填實胃口，擺平慾望。

騎樓談話聲已遠去，滿桌的凌亂仍絮叨不休。阿喬動手整理戶外用餐區，把垃圾分類好，擦掉桌面水漬，清掃地上的細屑和土塵。邊角歇個老遊民，身旁偎隻小黃狗，人狗倆睡得跟夜一樣沉。他握緊掃帚小心避開，切勿失手驚擾，讓他們入冬前多度個好眠。

倒數計時，總是忍不住倒數，彷彿這是生命唯一的真理。他默默倒數，數著約再兩個小時才會天亮，天亮後過三個多鐘頭才能下班，下班後還有無數個千篇一律的日子，就像故事以同樣的開場，帶出同樣的情節，走向同樣的結尾，重複說個幾千幾萬次，說到根本說不下去了，卻又不得不繼續說下去。他羨慕死了那些能隨心所欲說故事的人，不管說的故事是真實或虛構，他都覺得羨慕，羨慕有本事虛構，也羨慕有能耐真實。

「從前從前，在深深的大海底下，有座珊瑚礁城堡，裡面住著美麗的人魚公主……」阿喬的耳蝸如海螺響起回聲，悠悠反覆訴說同一則童話。記憶中的床邊故事鋪展成一道長浪，浪中擺盪著母親的聲音；每當夜裡久無人上門光顧，腦袋免不了暫時放空片刻，那故事便隨著海潮聲盪漾開來。「……人魚公主用嗓音換來雙腳，變成人類……殺了王子，才能再變回人魚……」

叮咚。蜂鳴器將他釣上岸來。三個女大生走進店裡，貌似期中熬夜出來覓食，一個個面露嫌惡碎唸著：「好噁心喔，死變態！」他朝店外探看，只見老遊民拉開褲襠，正在把弄胯下物。他早見怪不怪，大夜班什麼鬼都遇得到。「你有鮑魚嗎？有沒有？」或是「想不想吃鰻魚？又大又黑的……」各種鬼三不五時跑來騷擾他。「要吃鮑魚回去找你娘啦，幹！」他用掃把將垃圾鬼掃出去。「敢再來就把你的鰻魚剁掉！」但他從來不掃老遊民。老頭子坐在路邊，兩眼空洞無神，下身向著上天不斷抽動。他隱約了解老人在幹什麼；白天這個世界狠心強暴他，夜晚他就用自己的方式還回去。「天哪，他好噁喔！」「真的，超噁的。」他想拿掃把塞住她們的嘴，可惜掃把只有一支。

天快亮了，送報車來了，人潮也開始漲了。「喂，你說，到底有沒有下輩子啊？」一個陰陽怪氣的阿婆問。她每天清晨都來買份報紙，結帳一次，再買一顆包子，再結帳一次，然後又再買一罐牛奶，又再結帳一次……來回好幾次才了結，純粹就為了收集發票。「嗯……有吧。」「有？你說有？開什麼玩笑！我好不容易熬了一輩子，結果你說還有下輩子？真是神經病！」

下輩子，如果真的有下輩子，阿喬想要個喜劇人生，就算只是演演的也好。這輩子，注定跟喜劇絕緣了。打從七歲那年開始，他骨子裡的冥王星宿命便不斷震盪，一次比一次更劇烈，毀滅他，再讓他重生，如此周而復始。

女孩的出現又讓他毀滅一次，但他知道自己必須重生，於是到附近的小學守候，主動接近她。

「嗨，妳叫什麼名字？」「你想幹麼？」「嗯，放心，我不是壞人。」「壞人都說自己不是壞人。」「妳常來我們超商買東西。」「……喔，我記得你，要幹麼？」「想跟妳交個朋友。」「我不要。」女孩踏出步伐準備走人。「妳是小偷。」她停下腳步，驚訝地睜大眼。「妳有偷東西，對不對？」「我才沒有。」「監視器有拍到。」「那不是……我，我忘了付錢，我，只是覺得好玩……」「別擔心，我不會跟任何人說的。我只是想跟妳當個朋友。」

阿喬花一段時間跟女孩混熟，得知她家剛搬回台北不久，之前都一直定居深圳。「我爸要我在台灣讀完中學，」女孩沉吟片刻，又接著說：「但我知道他其實是要我們離開那裡，他才可以……」

女孩家在高級住宅區內，一坪百來萬元起跳那種；門口有警衛管制，戶外一座大庭園，室內牆面地板全砌上白大理石，光這些大理石總價就壓過他住的破公寓不知多少倍。「這種豪宅我幾輩子都住不起！」他說。女孩沒接話，只看了他一眼，眼中透著複雜的情緒，就跟他看老遊民的眼神差不多。

電梯一路直上十八樓。一整層，兩戶打通，將近兩百坪，全是女孩的家。就是這裡了。那個人住的地方。他一步步走進屋裡，我緊跟著數步伐，一腳一腳踏出心底的怨懟：假如當初他沒拋下我，說不定現在我也是住在這？

「喂，你不是說想看螢光魚嗎？在這裡。」女孩把窗簾拉上，關掉魚缸照燈，半面牆大小的缸內，數千隻小魚游來游去，發出奇異炫眼的光芒，紅的，橙的，黃的，綠的，藍的，紫的……就像宇宙的星辰一樣。阿喬盯著那星系移動變換，看了好一陣子，兩眼從熾熱漸漸荒涼；他就像一顆迷航的衛星，怎麼找也找不到自己的座標。

「我媽很晚才回來，你要看多久都可以，喜歡就抓幾隻回去養。」女孩說完就進廚房找外傭去了。他環視偌大的豪宅一圈，目光最終定止於客廳地板上，腦袋隨之冒出一個念頭：這麼漂亮的房子，若是鬧起鬼來，不知會是什麼樣子？而他彷彿能看見，那光潔的地板上，正慢慢地，慢慢地，顯現出一道虛白的人形來。

早晨，一樣的早晨，不管過了多少歲月，仍然是同一個早晨。蘇三起早，張口把聲唱，唱聲碎心又斷腸，言說蘇三把命喪，來生變犬馬，必當報還……

每天早上，打開家門，彷彿還聽得見那熟悉的調子。阿喬看一眼角落的卡式錄放音機，多年未使用，大概早已故障，裡頭的卡帶恐亦黴壞，卻仍捨不得丟棄。

母親生前愛戲曲，原本沒什麼喜好，去社區大學聽了幾堂，學著學著就上口了，一早總要哼吟個把鐘頭，開嗓使丹田，提振氣神兼活運經脈。他喜歡唱戲時的母親，姿態散發平日少有的自信，但父親不喜歡，總罵她那張嘴把整個家都唱苦了。

「脣妳的！別再唱啦，這個家還不夠糟嗎？妳再搞那些有的沒的我就……」父親性情暴躁，半生不得志，老愛借酒澆愁，澆不了愁就更加殘暴。「真不該讓妳收留這拖油瓶，自從她入門後就沒啥好事……」

父親出獄那日，這句話又浮現他腦海。當他打開門，看見父親站在外頭，隔著鐵門像隔著一座牢，心裡猶豫該不該讓他進來？怕他入門後就沒啥好事……但他還是讓父親進門了，畢竟，再好再壞的事，都不是幾扇門擋得了的。

阿喬走進房裡，父親走出房外。桌上擺了幾本贈閱的佛教書刊。父親一邊吃早餐，一邊翻閱《地獄變相圖》；那書裡的世界，他已親身走過一遭，且還要一直走下去。

桌上沒他的信，最近都沒有了，心底不免有些失落。那一封封夾帶剪報的信件，不知不覺成了他生活的小小盼望。他積存了一大疊，時不時拿出來回顧，一張又一張社會版剪報，盡是人倫悲劇。

父親吃完早餐就出門了，明明是下午的班，卻總是早早出門。他在辦公大樓兼職清潔員，靠熟人牽線才找到的工作，否則身負刑事案底，又跟社會脫節十餘年，大概沒人敢輕易雇用；也沒料到他竟然肯幹，想都想不到，從前那樣荒唐的人，還願意好好腳踏實地，把人生重新拾起來。

兩手抓拖把，刷拭大廳地板，五分二十秒；擦洗大樓室內窗面，七分四十三秒；清理各樓層垃圾桶，六分三十七秒……阿喬攝下一段段影片，多半是父親工作的片段。他躺在客廳地板上，盯著攝影機裡的父親，揣想他此刻的行蹤，幾乎想都不必想，就知道他在哪裡。他按個鍵，跳出一列清單，揀個影音檔，播放某日父親早上出門後，在附近公園閒晃的畫面，不外乎看人家跳舞、下棋，或餵餵鴿子，或只是坐在椅子上發呆。他閉上眼，想像自己也在公園裡；天頂萬里無雲，南風搖晃樹叢影，人群笑鬧聲揚起，鳥類拍翅聲落下，但他全都聽不到，只聽見鑰匙轉啟門鎖的聲音。

父親開門進來，手上提著水果、紙錢和線香，走到他身旁停下，嘴裡似乎含著話，卻又吞了回去。阿喬爬起身，伸手接過那袋祭品，嘴裡同樣含著話，卻也吞了回去。他好久沒跟父親這麼親近，近到可以看清他臉上的紋路，也聞得到他身上那股濃重的氣味，一股魚腥般的刺鼻味。

阿喬抓起父親的手，拉他到浴室，想讓他好好清洗一番。父親一臉驚滯，遲遲未動作，彷彿還是個稚幼無能的孩子，於是他蛻去他身上的衣物，打開蓮蓬頭，幫他沖掉滿身的汙穢。水勢灌頂而下，淹沒面容，如淚洩落。對於這初次的身心袒露，兩人竟都不覺彆扭，好似他倆早已是這般親近。

陽台擺妥金爐，放好供品，獻上三炷香。父親跪伏在地，以負罪的姿態，懺悔。阿喬佇立一旁，嘴上還說不出原諒，心頭堅硬的那一塊，卻已日漸軟化。曾經他也滿腔憤恨，故意讓自己活成一個苦角，想以此報復父親：看吧，我的人生變成這樣，都是你害的！恨意如絲繭，將他緊緊纏住；只是再怎麼恨，終究抵不過碟子上那股執念。他回想那些個玄祕時刻，當碟子在黃紙上遊走，帶領意識在字陣間穿梭，指尖一次次決意朝向「恨」字，卻反被一股力量拉扯，逐步牽引至「恕」字上……

「叫我媽媽，好嗎？」「媽……媽？」「對，從今以後，我就是妳的媽媽，而他是妳的爸爸。」「爸……」

阿喬回到自己房內，趴臥在床鋪上，兩眼倒映出紅光。床頭櫃上的玻璃杯裡，一隻紅色螢光魚，安安靜靜地漂游著，就像此刻的他一樣，孤獨地自轉，自轉。

該睡了，不睡不行，但他睡不著，腦袋還不停地轉，倒轉，轉返過去的時光。記憶的大霧慢慢散去，模糊的人事逐漸清晰起來。他一步步走向往昔，我緊跟著數步伐，一腳一腳踱回最初的心結。

一長串的階梯。一開始，就是一長串的階梯。「走，往上走，再一步，一步……」一把男聲，熟悉又陌生，如耳鳴般，切身又疏離。腦海中一道人影，占據整個畫面，彷彿那就是整個世界，獨一，無二，填滿生命的每一分，每一寸；然而世界最終塌落了，渾沌之後，又重建起另一個世界。世界好新，所有的一切都必須重新認識。一個七歲的孩子，已經活得比世界還老。

「他有說他要去哪裡嗎？」「不曉得，他只說要去大陸一陣子。」「妳怎麼沒問清楚？」「別擔心，他不是那種人，不會有問題的。」「妳真他媽的蠢！他向妳借那麼多錢，怎麼能不問清楚？」「別瞎操心，我相信他不會……」「妳相信？哼，妳說妳相信?!我呸，鬼才相信！」「信不信都無所謂，至少，他的孩子還待在我們這裡……」女人珍愛地摟住孩子，像擁著一件奢求已久的寶物。

有很長一段時間，阿喬不確定自己究竟是什麼？一個人質，還是，一個抵押品？其實他根本不在乎，管自己是什麼或不是什麼，他只想成為她的什麼，除此之外其他的什麼，他統統都不在乎。

「走，往上走，」那聲音仍在耳畔糾纏不休：「再一步，一步……」小小的步伐，一階一階往上爬，爬進五樓的世界裡；只是一旦走上去，就再也下不來了。

人魚，上岸，踩出一道足印，跡痕延續千里長，卻進展不到眷戀的彼方，再怎麼竭力往前追尋，終注定只能走成一場空，化作漫天飛舞的泡沫……

夢，睜開眼才發現是夢，夢得無比真實，彷彿自己真是一尾人魚，渾身濕答答，像剛被浪打上岸似的，一身冷汗。阿喬坐起身，低頭嗅了嗅，竟聞到身上一股魚腥，立刻跑到浴室沖洗，沖掉了滿身冷汗，卻怎麼也洗不去那股氣味。

出門，上女友家，途中順道寄個信，信封內塞滿七日份的剪報，不再投綠色郵筒了，而是改投紅色的，多花點郵資無礙，值得。

一抵女友住處，她就抱怨個不停：「店裡的進貨銷不完，不進又不行，老是要自己吃下來，再吃下去就要垮了……」真的，要垮了，他想，不只店要垮了，他們的身體也要垮了，成千上萬超商店員都要垮了。「總公司真的是瘋了，連手搖飲料也要賣，媽的，嫌事情還不夠多嗎？什麼東西都想搞，想搞死我們是不是！」

上面才不管你去死，哪家超商不是這樣？道義放兩旁，利字擺中間，搞到最後只剩利字擺得下，道義連兩旁都沒得放了。「如果撐不下去，那把店收起來好了。」他說。她聽了不作聲，話再多也不作聲了。他只好自己出聲：「肚子餓了。」

雨又開始下了，從早到晚沒停過，整座城市都溺在雨聲裡。深夜廣播傳出應景老歌：「雨夜花，雨夜花，受風雨吹落地……無情風雨，誤阮前途，花蕊若落欲如何……」雨滴滴答答地墜，人一秒一分地熬；熬過了一夜，卻如同熬了八十年，滿身的疲困勞頓。

天亮了，烏雲掩日光，半亮不亮的。熟客阿婆準時報到，老樣子，東西一件一件結帳，發票一張接一張。「喂，你說，到底有沒有下輩子啊？」她問。「嗯……沒有吧。」他答。「沒有？你說沒有？開什麼玩笑！我好不容易熬了一輩子，結果你說沒有下輩子？真是神經病！」老太婆氣呼呼地走了。「謝謝光臨。」他朝阿婆的背影喊；這四個字他只對她說，對其他人可沒有。謝謝她，真的該謝謝，幫他把瘋癲的那一面都瘋完了。

早班人員上場，夜班退下。他進員工室換裝。手機發出呼叫聲，女孩line了張貼圖道早安，他也選張貼圖line回去。

「魚還活著嗎」

「昨晚還活著　現在不知道」

「只有一隻　感覺好孤單」

「人才會孤單　魚不會」

「你又不是魚　你怎麼知道」

「妳又不是我　妳怎麼知道我不……」這樣line下去會沒完沒了，已經沒完沒了兩千多年了，所以他把這話擱下，只用饅頭人笑臉搪塞。

「再抓幾隻給牠作伴」

「好」

女孩連貼幾張圖，全是兔兔和熊大在相親相愛。

「妳爸什麼時候回來」

「他兩個月回來一次　差不多快回來了」

「嗯」

雨連下數日，稍停，又開始下，下了又下，下得腦袋快進水。

阿喬騎車上市場，買條鱸魚來煮湯，倒不是真的想吃，而是想把家的味道熬回來。上網找食譜，仔細按步驟走，該放的沒少放，不該放的沒多放，總算沒搞砸，嘗起來還像一回事。他盛好一碗，放到客廳地板上，給母親。

他躺下，面對人形，細聲呼喚：「上我身，快上我身……」一聲又一聲，呼喚了無數次，盼著終有靈驗的時候。每當碟子在黃紙上移動，他能感覺到她的存在，且會毅然將指尖鬆開，想藉此讓她附上身，然而卻一再地落空；料想應是她不捨，不願陰損陽身，竊命蝕壽，但他什麼都捨得，只要為了她，什麼都能捨。「上我身，快上我身哪，」他殷切地呼喚：「跟著我一起活下去……」

休假日，他哪裡也不去，就算月休僅有四日，他還是哪裡也不去，只想好好窩在家裡，把自己躺成一個死人，從早死到晚，直到父親返家，才又活過來。

「有煮嗎？」父親問。「沒。」他說。「我買了滷味，要吃嗎？」「好。」兩個人坐在一起，邊吃邊看電視，全是電影台和綜藝節目，怎麼轉也轉不到新聞頻道。

父親開瓶啤酒，喝完一瓶接一瓶，把自己浸入酒精裡，泡成一具活屍。客廳燈光閃，閃了又閃。醺醉的嘴哼起蘇三，嗓音尖銳似女聲，跟記憶中的唱戲聲相去不遠。有人說了什麼，隨著閃燈倏現倏滅；父親循著聲音起身，進到房裡，換上那件紅洋裝，旋即坐到梳妝台前，塗抹一臉的豔色。

阿喬也進入房內，和父親一起躺到床上，重溫與母親共寢的時光。小時候，他習慣抓著母親耳垂，感受那小小的凹洞，像一道溫柔的咒語，讓他得以安心入眠。此刻他抓著父親耳垂，想像她在身邊的樣子，可是怎麼想都不像個樣。

「從前從前，在深深的大海底下，有座珊瑚礁城堡，裡面住著美麗的人魚公主……人魚公主用嗓音換來雙腳，變成人類……殺了王子，才能再變回人魚……」

「可以換嗎？真的可以換嗎？」我在父親耳邊低語：「用你的命可以把她換回來嗎？」父親的心跳平靜無紊，彷彿隨時都在等待受刑；我偎在他胸口，聽著心房的律動裡，傳出母親的聲音：「從前從前……」

手機響起，是女孩line來訊息。

「我爸回來了　剛剛到家」

「好　我馬上到」

我從床上爬起身，把菜刀放在床頭櫃，關掉攝影機，走回自己房間，捧起那隻紅色螢光魚。

客廳燈光持續一直閃，閃得兩眼眩惑迷離。地上的人形坐起身來。「你要出門嗎？」她問。「嗯。」我說。「小心騎車。」「喔。」「早點回來。」「好。」

我轉開門鎖，留下滿屋子魚腥，走出家門。

後記

你想成為什麼樣的動物？

你是哪一種動物呢？如果能自己選擇，你會想成為什麼樣的動物？想不想，當一隻鳥，隨心所欲自由飛？還是你想當蟲子？或者你已經是了？人們勞碌奔忙的樣子，真的跟蜜蜂、螞蟻等昆蟲沒什麼兩樣。當隻蟲子或許沒啥不好，尤其當一隻蠹蟲，終日住在書本裡，啃食書頁過日子，那也是挺幸福的。

從小到大，啃過不少別人寫的書，一直夢想自己能寫出一本，讓別人啃一啃；如今，這多年心心念念的願望，總算實現了，謝謝珊珊主編給我機會，謝謝默默幫助我的貴人，謝謝支持我的家人。

《動物們》寫於二〇一三至二〇一六這四年之間，以〈兩口犬〉為起點，這篇小說曾參加文學雜誌的甄選比賽，雖然並未獲獎，但我很感謝當時幾位評審的鼓勵，不管是讚賞或批評，都給了我持續寫作的動力，進而有了這本書的誕生。

〈兩口犬〉後來有再修改過，但情節走向並未變更太多，最引爭議的結尾部分也沒改掉，畢竟每個人的閱讀品味各不相同，怎麼寫也無法讓所有人都感到滿意，我亦不願將它改成自己不想要的樣子，所以還是堅持照自己的方式寫。

我偏好負面書寫，挖掘人性的卑劣與人事的醜惡，以及各種殘酷的、不堪的、低俗的面向。負面書寫具有正面的力量，能讓讀者心有所悟，使卑劣的不再卑劣，醜惡的不再醜惡。

人們總口口聲聲說要當個好人，但光是喊著要當好人是當不了的，自以為是好人也不見得真的是，試問這世上有多少自以為的「好人們」，用自以為的正義在胡作非為？

你看得見自己的惡嗎？看不到？還是假裝沒看到？如果看不見自己的惡，不曉得自己壞在哪裡，那就不可能成為一個真正的好人。你是好人還是壞人呢？一個人若想做一個更好的人，當一隻更好的動物，就必須直視自己心中的黑暗與罪惡，如此，才能改正與淨化生命，使之完好。你想當一個真正的好人嗎？不想就算了；想的話，就好好想一想。

我也要好好想一想，想一想自己，想一想別人，想一想其他動物。我時常想起我的貓朋友們。寫這本書的四年間，發生了數起殺戮事件，讓我失去了好幾隻貓朋友。對於他人的惡意，我滿腔怨怒，卻無能為力，只能用這本《動物們》回應。我很想念我的貓朋友們，而我唯一能為牠們做的，就是記下這一筆，讓牠們的存在有一點意義。

最後，終於到最後了，還有些話想跟你說，猜猜我要說什麼？也沒什麼，只是想跟你說……多買幾本《動物們》吧。才不是，我不是要說這個，我要說的其實是……

如果某天早上，當你醒來，發現自己變成一隻什麼動物，請不要驚慌，不要害怕，就好好地，好好地，好好地去當一隻動物吧！

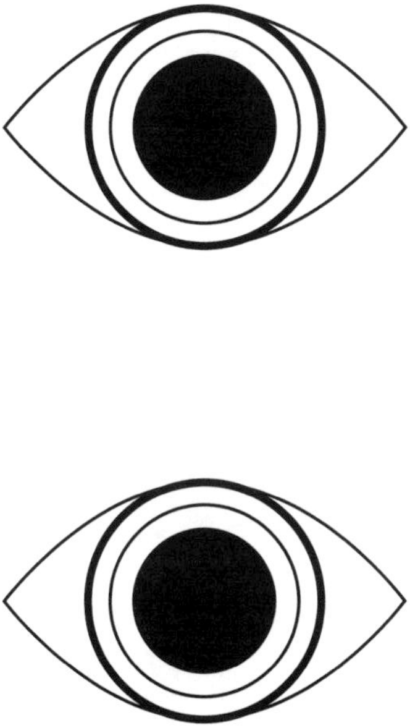

專訪

我的命在鍵盤上，在字字句句裡……

方清純談《動物們》

孫梓評

近午時分，離約定時間還有幾分鐘，我決定收起手機，專心看一會兒捷運站外的車流。未及一次紅燈轉換，有人輕輕碰了我的衣袖，轉身看見是方清純——酷酷的表情，比記憶中更高，有一八二。短袖黑polo衫，深藍牛仔褲，帆布鞋。沒戴眼鏡未揹背包不繫手錶，僅單手握著錢包和手機。就這樣從雲林搭高鐵而來，輕便得像是住隔壁巷子。

「方清純，其實是我阿公的名字。」問起筆名的由來，他說，「小時候不是有預防接種紀錄卡嗎？都是阿公帶我去打疫苗的。所以那張小卡上，有我的名字，和家長姓名欄上的，他的名字——這名字對我來說有一份特殊的意義。」無法判斷是童年記憶抑或夢境，腦海裡還保留那隱約朦朧的畫面：年幼的他，坐在由阿公駕駛，載著三隻大豬的車上。因此，雖然阿公早在一九八八年過世了，「我還是想把這名字留下來，像是他繼續存在這世界的一種方式。」

這樣的好孩子，我很快察覺，酷酷表情底下，隱藏的事實是害羞。究竟有多害羞呢——念大學初次離家，和陌生人分租公寓，零互動，觸角一探到外界就縮回，只好一整個禮拜都光顧對街麵包店。來到網路時代，難道沒有稍微解決困境？「在網路上，我也很少跟別人互動。」為什麼？「因為一旦有了互動，就得一直互動下去……」就這麼孤獨生活著、寫著。從十五歲第一次萌生虛構的衝動，到十八歲真的寫下一點什麼，再到研究所時，一舉拿下全國學生文學獎小說首獎，坦白無遮的心聲是：「很需要被肯定。希望有人可以告訴自己，你能寫。」拿獎，等於也拿到一個肯定的答覆。「寫小說可能是我做過最不害羞的事吧。」

自承「對人好奇，喜歡觀察，盡量不說話，聽別人講話」，因此，就算回答問題，方清純仍說得極少。他說話，像一條藏有許多石頭的河，有時流速湍湍（那必然因為提到塔羅牌或星座），有時靜水流深，幾乎不見波動。

「遇到瓶頸。」他坦言：「對小說光有熱情，卻不知該寫什麼？」因此，二○○九年拿獎後，直到二○一三年才以四個月時間琢磨出〈兩口犬〉；再一年，寫了〈家〉；再一年，有了〈雞婆要出嫁〉。「我有點散漫，除非有人跟我說，可以做一點什麼……」比方，得到出版小說集的邀請，他毅然北上，賃一屋，日日至圖書館打卡。散文〈夢遊者〉裡，他說：「活在這世上三十二年，一直活得可有可無，沒什麼其他的奢求跟盼望，唯有寫小說這件事放不下。」這話聽得我羨慕且眼熱，可實際情況很辛苦。租來的屋子簡陋，為求節流，三餐食費加總，得控制在百圓上下。創作獨有的焦慮與難以量化的產出又該跟誰訴說呢？我忍不住問：「什麼事情，你最容易感情用事？」他想了想，「應該是貓吧！」「貓？」只有這時，他酷酷的臉，會露出孩子氣傻笑，「就愛貓啊。所有動物我最愛貓了。」想念家裡四隻貓咪，他就到公園跟街貓玩。不，寡言的他，仍然不會把心事說給貓聽。伸手輕輕撫摸貓咪，動作比言語確實。

★

《動物們》六個短篇，分別寫雞，牛，羊，狗，豬，魚，除了寫進書裡的，方清純說，家中還養了鴨，鵝，兔子，貓——愛貓，卻沒寫貓。他直言，「本來有寫，失敗了。」從小被各色動物包圍著成長，現在也還參與家中農作：稻米，檸檬，番茄……具足、完整的鄉村經驗，沃著他的小說。

「動物是我生活的一部分。」他認為，「人本來就是動物。人應該覺得自己跟動物們是一樣的。」因此，「雖然不太可能，但我希望追求，人和動物平等的狀態。所以我在小說裡，試著把那個界線消除掉。」易言之，寫羊，寫狗，寫豬，其實都是寫人。這是他追求的「眾生平等」：「人應該更低姿態，謙卑一點。不要覺得自己可以大肆掠奪或濫用資源。」如果這本小說能帶來一些反思，那應當是：「人真的有那麼了不起嗎？」透過書寫，他亦試圖「把一些人的心情寫出來」，不是特定的「個人」，而是某些「集體」。具體來說，包括「各種弱勢的人，因為性傾向或身體的疾病、殘疾，被排擠的人」，那種忍不住想要為他們做點什麼的心情，他笑稱，「大概是水瓶座式的博愛精神吧。」

全書我第一篇讀到的是〈雞婆要出嫁〉，以青梅竹馬的眼光，摹繪一位奇男子：長髮，未婚，善書法，愛著和他一樣性別的人。讀來有種微妙時空錯置感，彷彿更像鄉野奇譚，卻又交織著當下同志遊行的新聞畫面。原以為只是特例，不意整本《動物們》都有一款相似的敘述技巧，即「帶有同情的旁觀視角」：不完全使用第三人稱，而更愛以第一人稱將故事帶出。他說：「水瓶座喜歡旁觀。看似涉入其中，但又抽離；就像這種寫作方式，是『我』在敘事，『我』雖沒有完全涉入，卻又主導著整個事件的發展。」不曉得是否因為這份「距離」，整篇小說讀起來，竟有一種剛剛好的哀矜。對於可能有人質疑「變性欲」和「同性戀」並不相同，他說：「我不反對這樣的意見，但我覺得，性別跟性向的組合應該是多樣性的，不必太局限它。要怎麼想、怎麼詮釋都可以。我的目的不是討論小說主角到底是一個怎麼樣的人，而是，他應該有的權利，卻沒有。」最後，甚且落得「去掉女字，出家便成」的悲劇。他俐落給出結論：「終歸一句話：支持婚姻平權！」

〈犁族大出擊！〉原可能寫成一則沉重的故事，卻漾出了一點喜劇情調。女子漢與紀錄片導演的愛情，對土地的愛情，企圖讓歷史重現的一種對於時間的愛情，皆蘊含其中。「反對農地徵收」、「農地搞石化」等社會議題，都是方清純故鄉雲林的現實處境。讀此篇，亦使人聯想到，俄文系、斯語所畢業的他，論文題目是〈《波謝洪尼耶遺風》中的地主與農奴生活圖像分析〉。

「《波謝洪尼耶遺風》作者謝德林的風格相當特別，筆觸批判力道十足，諷刺又怪誕，有些甚至是超現實的。」以小說諷刺現實，確實跟方清純寫作的基調相似。「大學時讀俄國文學史，知道了這個作家，但第一次讀到他的作品，是研究所時，自己私下找書看。」結果，「讀了以後受到很大的驚嚇。」因為，「怎麼有人這麼敢寫！」該書描述一個地主家庭，彼此心機鬥爭，最後家破人亡的悲慘故事。「在當時，謝德林的作品其實曾被禁，甚至被流放到外省，但他還是堅持為弱勢發聲。我喜歡他那種精神。」可以說，《動物們》的寫作，是一次向謝德林的致意嗎？「我希望自己能像他一樣，敢於為別人說話，不畏強權。」

不是只能寫悲傷故事，也不是只能為底層人物代言，節奏相對輕快的〈善的故事〉像黑色喜劇，荒腔走板終至令人毛骨悚然，卻因帶有設計感的敘述，讀著又忍不住噗哧一笑。資深政客想找影子寫手幫忙寫自傳，聊著聊著就抽起塔羅牌，卻每次都抽中同一張牌。小說裡沒戳破，只仔仔細細形容了牌上的畫面，明眼人與有心人當可讀出那是一張惡魔牌：「一隻羊，牌面上是一隻羊，兩眼直勾勾瞪著你。」有趣的是，阿義的名字裡也有一隻「羊」，那隻羊開口閉口只在乎「我」，「我算得上是個好人嗎？」這樣荒謬的問題，問得人想笑，但笑過頭也可能流出眼淚。彷彿寓言，那隻羊的「前方站立一男一女，被鎖鏈捆縛住，成為牠掌控的囚奴」，一如小說中那對惡質情侶；而故事裡的那隻「羊」（塔羅牌上的羊？阿義？），在亡羊補牢後，終於還是逃脫，像是一則命運，被繼承。同樣不戳破的，還有最後阿義抽中的那張審判牌，「我不明寫，希望讓讀者自己發掘、思考。審判的意思是：善惡終有報。」

書中兩度出現塔羅牌橋段，方清純說，確實近年比較認真學習的，就是占星和塔羅牌，「重點不是抽到什麼牌、或怎麼詮釋那張牌，而是你接收到了什麼。去思考它，做出決定，如何掌握你生命的道路，才是最重要的。」

一系列動物故事，我感覺〈兩口犬〉和〈家〉彷彿孿生作，主題雖不近相同，但兩者都有對於生殖的眷戀與焦慮，只是以不同的病徵呈現。此二篇，在寫實的基調中，所呈現的瀕臨瘋狂的那種虛實難分，非常飽滿地，把人獸之間的分野給泯除了。除此之外，同樣做為一個鄉下長大的小孩，我也從中讀到一種特屬於台灣鄉間的人際關係圈籠。往好的方向想，是雞犬相聞，人情味濃厚；另方面來看，其實就是人言可畏，人沒辦法像在城市裡，把自己稀釋，必須找到和別人相容也相溶的方式。若找不到，那就是成為他人眼中的異端，就是孤獨的發萌。

對此，他說，「做為人，好像都需要循規蹈矩。不照別人的想像去做事，就會被當做異類或怪胎。但有時又覺得，那些自以為正常的人，才是真正的怪。」這也是善惡所腹存的廣大灰色地帶之外，他想要在小說裡探問的，「自以為正義或正常的人，是不是真的正義或正常？」而那些被傳言傷害、被逼成瘋子的怪樣的人，會不會其實才是人性的正常？「（這些）人常是惡意所造成的結果。」

紀大偉為漢娜．亭蒂《動物怪譚》作序，曾提出一個問題：「動物像人類，人類像動物，那麼人類和動物之間還有沒有別的交集？有些讀者可能聯想起人獸戀（中略）。人獸戀的故事對我們來說並不稀奇，各個版本的《白蛇傳》就是老生常談。然而妙的是，《動物怪譚》中幾乎沒有人獸戀或人獸性愛的情節……」這個交集，在〈兩口犬〉和〈家〉，方清純選擇不別開眼，「人和動物之間的差別：人雖然是人，仍有獸性存在。若我想表達出存在於人身上的那種動物性，性就是最直接的動物本能。性，是非常強大的內驅力量，甚至會使你變形。」他也想起，曾有反婚姻平權者宣稱，「誰能保證同性婚姻法案通過後，不會發生人獸交的行為？」他說，如果拿這兩篇小說來「過度詮釋」，「異性戀也會搞人獸交，沒有誰比較高尚。」

整本《動物們》，我最喜歡的一篇是〈守鰥〉，它也最要求讀者的耐心，〈守鰥〉跟我本身的氣質有點像，比較陰鬱一點。」較諸他篇，故事場景更轉為城市，同樣關注底層人物，在城市一隅等待都更的老公寓，一個人質「愛上」了綁匪的故事——被當成人質的女孩，長大後，為自己選擇了新的性別。我第一次注意到「鰥」原來是隻魚，而「守鰥」的意涵多重：除了字面上所得知一個死了妻子的男人，還包括阿喬「守」著「鰥」夫，「因為鰥夫是阿喬和母親之間唯一的連繫。雖然恨他，但也必須愛他。」但阿喬看似也很想殺了鰥夫？「這就是人性的矛盾之處。你有時也不知道那到底是愛還是恨？」最後一層意義：阿喬形而上殺死了阿嬌，從此他的活，也是一種守鰥。其次，小說的敘述聲音，亦特別繁複，那個被

「殺死」的阿嬌，在小說裡變成了「我」，旁觀著整個悲劇，也凝視著自身的雙重弒父情結。死亡變成一種氣味，揮之不去。

整篇小說讀起來，滿溢蔡明亮電影的畫面感。尤其開場未久，這樣描寫鰥夫的動靜：「人還死賴在床上，一襲厲鬼似的連身紅洋裝，活像一尾金目鯛，被擊昏在砧板上。」魚的意象，巧妙穿梭在字裡行間。但何至於鰥夫要穿上亡妻的衣服？「一種小說主題的變形吧——那個養父有罪咎感，使他甚至願意成為一個替身。」小說最末，阿喬出門去找同父異母的妹妹，故事按停在一個開放的點上。「我就是比較調皮一點。講『趣味』好像有點輕浮？我不要那麼直接，讓你知道那是怎麼回事。」頓了一頓，又說：「這樣講好像又會被一些文學作家批評：為什麼要顧慮讀者呢？但我覺得，就是要讀者喜歡，他才會聽見你的聲音。作品才可以影響人。」

由是，關於未來作品的想像，方清純肯定地表示：「中間文學，我想我以後會一直走這個路線吧，保留文學性，同時關注大眾需求，偏向純文學或大眾文學任何一方都不是我想要的。」

★

《動物們》有很多閱讀上的樂趣，由文字造成。無論是順口溜，或排比，或拆解重組文字，或精簡詩意地使用文字，其實是很難藉由翻譯表達的美。他迂迴地解釋了對於字的情感：「從小到大，留在身邊最久的一個物件，是小學四、五年級時得到的一本字典，到現在還在用。不知道為什麼就是丟不掉。好像這個東西會一直在我身邊。我常常翻開來看。看到那些字的時候，會有一種很投入的感覺。」喜歡那本字典裡的任何字嗎？「小時候翻它是無意識的。有了創作自覺之後，才發現自己對那些字，有著羈絆一般的命定之感。」

除了文字充滿音樂性，《動物們》每一篇小說，也都有歌。從〈意難忘〉，〈牛犁歌〉，〈搖嬰仔歌〉，〈我的家庭〉，〈雨夜花〉，〈蘇三起解〉……那些歌的挑選都很準確。「歌很重要。歌可以喚起你的記憶，讓你跟某個往事重新有了連結。一篇小說給它一首歌，就能馬上得到那個連結，像主題曲一樣。」

雖然還不確定接下來會寫什麼，但很可以確定，「是非要不可的故事才寫。」寫作時，「一開始都要琢磨比較久。第一段通常修改很多遍，狀態對了，才會繼續寫下去。」他說，曾聽人建議，小說寫完應該把第一段拿掉，「但我第一段就是要留著，而且，最重要。」相較之下，「寫到一半時，通常我就知道結尾會是怎麼樣了。」寫作時，往往「斷斷續續」。「寫一點，先放著，過幾天回來看，如果不對，就改；對了就繼續寫，再隔幾天回來看，再修改，再寫。我不是那種一氣呵成的人。」

「有時寫完小說會覺得，這真的是我寫的嗎？」方清純說，除了真實生活中的人格，彷彿還存在著小說人格。「寫小說最有趣的地方就是可以滿足你現實生活中沒有辦法達到的。你可以盡情地做任何事，盡情地當各種人。」

★

方清純在政大念了幾年研究所，多次經過動物園，都沒有真正進去過。討論《動物們》的這天，我們決定去動物園。才剛走進園區沒多久，他很明顯整個人氣氛低落。「看到動物被關起來，覺得有點哀傷。」他想起，「之前澳洲有個小男孩，說要解放動物園。」我們去看了長頸鹿，國王企鵝，無尾熊。也順便路過獅子，白犀牛，黑熊，「如果可以成為動物，你希望變成什麼？」他一愣，在我還沒讀過的〈後記〉裡他問出的問題，此刻被拿來反問自己。

「鳥吧。」

「白鳥？」木柵常有鷺鷥，振著長翅膀，低低飛過河面。

「黑鳥。」

「烏鴉？」這是我能最快想到的黑鳥。

「烏鴉太吵了。」他很快回答。

也是。寡言的他，為了談《動物們》，據說度過了一生中說最多話的一天。

書寫比言語確實。

忽然想起《動物農莊》作者喬治．歐威爾在〈我為何寫作〉中，提出的四個寫作的理由：純粹的自我。美學的熱情。歷史衝動。政治目的。這四項，該也是方清純在乎的吧？我相信，他的沉默並非空白，而是思索、蓄積，將會轉化、爆發為更多沒有柵欄能夠圈限想像的故事——像他在散文〈夢遊者〉裡，說的另一段話，是我聽過對於小說、對於寫作，最深情的告白：「我的命在鍵盤上，在字字句句裡，就像此刻的這一字，這一句，儘管活得可有可無，不敢奢求盼望什麼，只願這件事不要停，停下來對不起自己。」

（本文作者孫梓評，為詩人、作家。著有散文《知影》、《除以一》，詩集《善遞饅頭》、《你不在那兒》、《法蘭克學派》，及小說《男身》、《傷心童話》等。現任《自由時報》副刊主編。）

九歌文庫 1256

動物們

作者　方清純
責任編輯　羅珊珊
創辦人　蔡文甫
發行人　蔡澤玉
出版發行　九歌出版社有限公司
臺北市105八德路3段12巷57弄40號
電話／02-25776564・傳真／02-25789205
郵政劃撥／0112295-1
九歌文學網　www.chiuko.com.tw
印刷　晨捷印製股份有限公司
法律顧問　龍躍天律師・蕭雄淋律師・董安丹律師
初版　2017年6月
定價　260元

書號　F1256
ISBN　978-986-450-129-8（平裝）
（缺頁、破損或裝訂錯誤，請寄回本公司更換）

國家圖書館出版品預行編目資料

動物們 / 方清純著. -- 初版. -- 臺北市：九
歌，2017.06

面；　公分. --（九歌文庫；1256）

ISBN 978-986-450-129-8（平裝）

857.63　　　　　　　　　　　106007216